Geronimo Stilton

奇鼠歷險記⑩

勇戰飛天海盜

新雅文化事業有限公司
www.sunya.com.hk

夢想國伙伴團

「伙伴」這個詞，含義是「分享同一塊麵包的人」，意味着互相幫助和共同奮鬥的朋友。伙伴的力量，就來自於這裏！

謝利連摩・史提頓

他是《鼠民公報》的經營者，這可是老鼠島最暢銷的報紙啊！在夢想國，他經歷了數次奇妙旅行！

斯咕嚕・賴嘰嘰

他是謝利連摩在夢想國的第一位官方嚮導。他十分饒舌，但有一顆善良的心。

芙勒迪娜

她是仙女國的皇后，象徵和平與快樂的白色女神。她代表世界的和諧。

甜蜜的梅麗薩

　　她是香草仙女部落的公主。她的族裔是夢想國中唯一外形酷似老鼠的族羣，背上還長着翅膀！她是芙勒迪娜的好友。

蜻蜓公主

　　七位蜻蜓公主統治着蜻蜓國。她們居住在水晶宮旁的泥濘街區裹。

小眼睛

　　他是藍貂部落的偵察員！他行動敏捷，性格好奇又真誠。為了救出部落的伙伴，他願意傾盡一切！

目錄

世上最好的表弟　　　　　　　　　　　　　9

魔法師、仙女、女巫，以及會說話的青蛙　18

我可不想扮成青蛙……　　　　　　　　　26

吱吱堡　　　　　　　　　　　　　　　　34

求求你，別再吻我了！　　　　　　　　　44

進入夢想國

甜蜜的梅麗薩　　　　　　　　　　　　　54

我的鬍鬚……因為恐懼而顫抖！　　　　　62

大黑鼠‧殘尾盜　　　　　　　　　　　　70

油脂球‧大肚子的新任見習水手　　　　　74

黑帆船的秘密　　　　　　　　　　　　　80

黑帆船上的污水管　　　　　　　　　　　88

梅麗薩的秘密 98

把你丟去餵鯊魚！ 102

以一千根羽毛的名義發誓 110

準備進攻！ 120

朋友，朋友，朋友！ 126

小子們，你們讓我說！ 136

沒有誰能抵擋仙女之淚…… 144

巨人魔的邪惡計劃 152

蜻蜓黃金馬車 158

土地爺黃金

我可不想摔成鼠肉醬！ 168

你們這些狡猾鬼，快快老實交代，嘿喲嘿！ 180

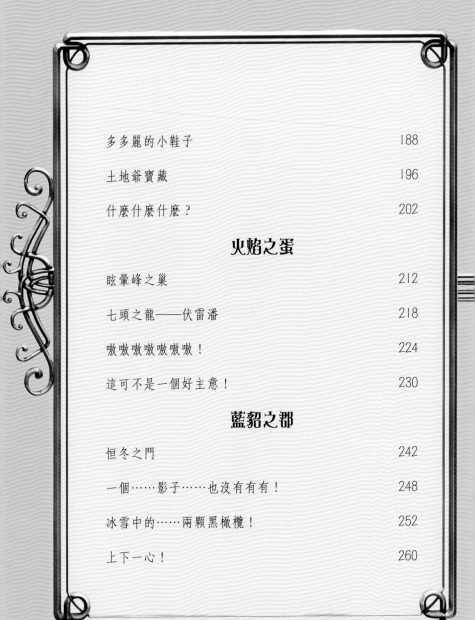

多多麗的小鞋子 188

土地爺寶藏 196

什麼什麼什麼？ 202

火焰之蛋

眩暈峰之巢 212

七頭之龍——伏雷潘 218

嗷嗷嗷嗷嗷嗷嗷！ 224

這可不是一個好主意！ 230

藍貂之郡

恒冬之門 242

一個……影子……也沒有有有！ 248

冰雪中的……兩顆黑橄欖！ 252

上下一心！ 260

巨人魔之國

沉重的腳步聲　　　　　　　　　　266

在巨魔堡裏，面臨前所未有的恐懼！　　276

巨大的鼻鼾聲，呼嚕，呼嚕，呼嚕！　　284

驚天大消息！　　　　　　　　　　296

國王萬歲！　　　　　　　　　　　302

重返妙鼠城

別再親我了，夠啦啦啦啦啦啦！　　314

是夢境，還是現實？　　　　　　　320

你也想成為尋找幸福的
伙伴團成員嗎？
在這裏貼上你的照片，
並寫上你的名字吧！

貼上你的
照片。

我的名字是............................

世上最好的表弟

這天，是妙鼠城一個秋日的下午。天色陰沉，
寒風刺骨……

我正坐在《鼠民公報》的辦公室裏發呆，你們
認識我嗎？

我的名字是史提頓，

謝利連摩·史提頓！我經

營着《鼠民公報》——老

鼠島最有名氣的**報紙**！

親愛的鼠迷朋友們……

　　話説回來，總之，正如我和你們所説，此刻窗外一片陰沉，一輪可怕的**暴風雨**即將來臨。城裏颳起了陣陣烈風，猛地把房屋的窗户吹得嘎嘎作響，而街上的一棵棵大樹也吹得東倒西歪，樹葉被颳到天空中亂舞。有一瞬間，我彷彿聽見風中傳來一陣奇怪的呼喊聲：

「騎士士士士！騎士士士士！騎士士士士！騎士士士士！騎士士士士！騎士士士士！騎士士士士！騎士士士士！

　　我向窗外望去，連個影子都沒看到……**真奇怪！**

　　也許是我的幻覺吧。誰知道呢？耳邊傳來的只有呼呼的**風聲**……

　　我一直工作到傍晚，天空變得越發黑暗，遠遠傳來**雷聲**轟鳴。

　　就在此時，「砰」的一聲，咕吱吱！我辦公室

的門被撞開了……

隨後，一個胖**傢伙**出現在門前！他身穿黑色的禮服，披着**紅色披風**，頭上戴着一頂大禮帽。

他站在門口，起初手爪裏拿着一根**骷髏頭**把手的拐杖。他臉上戴着一個黑色的眼罩，右手拿着一個水晶瓶，上面貼有「血」的標籤。然後，他另一隻手爪則換成拖着一個裝上輪子的棺材，內裏用上華麗的紅色天鵝絨厚墊。最可怕的是，這傢伙一張嘴，露出了一排吸血鬼般的尖獠牙！

我不禁嚇得失聲尖叫起來：「**哇呀呀呀！**」

我的臉色瞬間變得像莫澤雷勒乳酪般蒼白，其實，我並不勇敢啊……我只是個有些膽小的小老鼠！

接着，燈光突然熄滅了！

正在這時，一道閃電劃破天空，照亮了室內：

霍落！

就在我嚇得快要昏過去前，那神秘的傢伙嘿嘿一笑，對我說：「**謝利連摩摩摩摩……你真是個個個……大傻瓜瓜瓜……**」

我可認得這把熟悉的聲音呢！我馬上定睛細看這個胖傢伙的輪廓，這雙圓乎乎的耳朵！然後，我發現那雙尖**獠牙**不過是塑膠假牙！那個瓶子裝着的並不是血，而是**番茄汁**！我這才回過神來：剛剛辦公室的燈光並非無故熄滅，而是因為這傢伙關上了燈！

這個突然出現在我辦公室的神秘吸血鬼是誰？

原來是賴皮！他的獠牙是假牙，瓶子裏裝着的是番茄汁！

我羞惱地大叫起來：「你才不是什麼吸血鬼……你是我的表弟**賴皮**！」

他大笑起來：「你總算認出我來了，你真是個大傻瓜，表哥！你喜歡我這身吸血鬼裝扮嗎，謝利連摩？我特地來和你開個小**玩笑**，就是想看看自己的裝扮是否逼真。」

我驚魂未定，擦擦前額的汗，說：「很逼真，你把我嚇得差點魂不附體了！」

賴皮笑得更開懷了：「怎麼會呢，嗜喱，這只是個小玩笑……有我這個世上最好的表弟，你不感到**幸福**嗎？」

我嘟嚷道：「有你這樣的表弟，是幸運……還是不幸？」

賴皮扯扯我的尾巴：「嘿，謝利摩摩，你為什麼不問我為什麼要扮成吸血鬼啊？啊？謝利呆摩摩，你為什麼不問我啊？**為什麼？為什麼為什麼？為什麼麼麼？**」

我氣呼呼地尖叫：「因為我不感興趣，就這

樣！還有你給我記住：我的名字叫謝利連摩！謝——利—連—摩！」

賴皮呷了一口 **番茄汁**，用我的領帶抹了抹鬍鬚，笑着對我說：「你肯定會感興趣的，啫喱……因為你也在邀請名單中，看看這個！」

他拿出一張邀請函，把它**伸**到我鼻子下面揮着，可是，我看不到上面寫着什麼。

我擦乾淨眼鏡，以便看得更清楚，隨後讀出**邀請函**上的文字……

尊敬的謝利連摩先生，誠邀您參加妙鼠城舉辦的全民化裝舞會。所有出席者必須進行角色扮演，打扮成自己喜愛的童話人物角色。舞會將於下周五午夜時分，在妙鼠城吱吱堡的舞會大廳舉行。

我高聲朗讀起來：「尊敬的謝利連摩先生，誠邀您參加妙鼠城舉辦的全民**化裝舞會**。所有出席者必須進行角色扮演，打扮成自己喜愛的**童話人物**角色。舞會將於下周五午夜時分，在妙鼠城吱吱堡的舞會大廳舉行。」

邀請函背面印着行小字：「另外，舞會有上等**乳酪自助餐**供應，先到先得！」

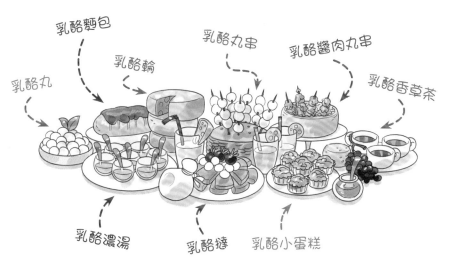

乳酪麵包
乳酪丸串
乳酪醬肉丸串
乳酪輪
乳酪丸
乳酪香草茶
乳酪濃湯
乳酪撻
乳酪小蛋糕

魔法師、仙女、女巫，以及會說話的青蛙

我讀完那邀請函，就一巴掌拍在自己額頭上，說：「啊！今天正是星期五！今天晚上妙鼠城裏將會舉辦最盛大的全民化裝舞會！而我已經答應陪**多愁・黑暗鼠**一同出席！」

我可完全忘記了這件事：「**糟糕了！**我居然連參加化裝舞會的衣服都沒有準備！」

賴皮搖搖頭，嘲笑我：「哈哈哈，這下你可**麻煩**了……可憐的啫喱，你這下可慘了慘了慘透了！」

我崩潰地說：「**怎麼辦啊！**我居然把事情都忘記了！

多愁的脾氣很壞啊！」

我必須想辦法趕快彌補這個過錯。

我立刻給妹妹菲打電話，上氣不接下氣地求助：「唏，菲，我到哪兒可以買到今晚全民化裝舞會用的**道具服飾**？」

她回答説：「什麼，你在**開玩笑**嗎？所有鼠都知道，妙鼠城全部商店裏的全部道具服都已被搶購一空啦……」

這真是個可怕的消息，晴天霹靂！我當下不知所措，急得快要**落淚**了！

啊！

① 我忘記了今晚要舉行盛大的化裝舞會！

糟糕了！

② 我還沒有準備道具服飾！

怎麼辦啊！

③ 多愁的晦氣很壞啊！

怎麼辦？到底她會怎麼對付我呢？

多愁的脾氣很壞啊！

她會扯掉我的鬍子嗎？

她會**拔掉**我的毛嗎？

她會穿着高跟鞋狠狠地踩我的尾巴嗎？

幸好，菲提議說：「哥哥，你到我的朋友**面具·千面鼠**小姐開的店裏去看看吧。她的店位於面具巷13號，叫做『包滿意道具服飾店』。你就說是我介紹來的，明白嗎？也許你還能在那兒找到些衣服……」

我立刻跳上一部**計程車**，急忙地說：「快快出發，送我去面具巷13號！」

計程車停在一間小舖門前，店舖門上掛着一塊大大的**招牌**，上面寫着：包滿意道具服飾店。

這時，看到那店主正要打烊，我趕忙從計程車上跳下來。我驚慌地阻止說：「別關門啊，求求你啦！我需要買一件道具服，現在**馬上要**！」

這位店主是一位打扮成女巫的鼠小姐。她戴着一頂尖頂帽，身穿紫色天鵝絨**長袍**，腳上穿着一雙鞋尖翹起的**女巫鞋子**（還拿着把飛天掃帚！）。她盯着我嘻嘻笑：「你就是謝利連摩，我朋友菲的哥哥，對吧？」

　　我**結結巴巴**地說：「呃，我是史提頓，謝利連摩‧史提頓，我其實……想要……要買……」

　　她打斷我的話，說：「我知道，你想買一件**道具服飾**來出席今晚舉行的全民化裝舞會吧，可我這兒已經賣光了。要知道，這舞會可是妙鼠城一年一度的盛會啊！我也正要去參加呢，你喜歡我這身**女巫**裝扮嗎？」

　　我跪在地上哇哇大哭起來：「這身裝扮真好看，可你真的就沒一件服飾可以賣給我嗎？哪怕是**什麼造型服飾也可以啊！**我只想找一件服飾來出席今晚的全民化裝舞會，因為我的舞伴，**多愁的脾氣很壞啊**，她會……」

聽到我口中蹦出的這個名字，千面鼠小姐也渾身打起**哆嗦**。

「以一千塊莫澤雷勒乳酪的名義發誓！不用說了，你應該早點告訴我啊，謝利連摩，現在**形勢嚴峻**！多愁和我曾經是同學，

她的脾氣真的非常可怕！

快隨我來，我看看能不能給你找件衣服穿！」

千面鼠帶我走下**螺旋樓梯**，來到一間昏暗的倉庫。我滿懷希望馬上向倉庫裏望去，可卻失望地發現：裏面所有的衣架和模特兒模型……上面都**空空如也**！

　　然後，她馬上開始翻箱倒櫃地到處找，嘴裏嘀咕着：「應該在這兒……在那兒……在哪兒呢……啊哈，找到啦！我就知道它肯定在倉庫的某個角落裏！」

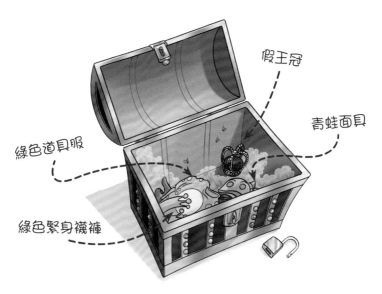

假王冠

青蛙面具

綠色道具服

綠色緊身襪褲

很快，她從倉庫角落的一個落滿灰塵的箱子裏，掏出一件連着披風的綠色**道具服**和緊身襪褲，一個**青蛙**面具、一頂上面鑲着假寶石的假**王冠**。咕吱吱，居然還有一塊以假金鏈掛着的大**金牌**，上面刻着：

誰來親親我？

我可不想扮成青蛙……

看着眼前這套道具服，我不禁嘟嚷道：「可這……是什麼玩意啊？」

千面鼠鄭重地對我說：「怎麼了，這是一套用來扮演**青蛙王子**的道具服！太好了，這次舞會的主題是要打扮成童話人物角色，你穿上它來出席今晚的全民化裝舞會就最適合不過啦！」

她幫我穿上道具服，給我戴上王冠，再戴上那條掛着大金牌的項鏈。隨後我們回到地面的店舖，她將我推到鏡子前，解釋說：「當你穿上這套道具，你需要：

蹲在地上爬行，像隻**青蛙**……

膝蓋要保持彎曲，像隻**青蛙**……

跳躍着前進，像隻**青蛙**……

最重要的是……你講話要呱呱叫，

模仿……真正的青蛙！」

她繼續對我說：「頭頂的王冠，代表你就是青蛙王子，等待一位*美麗的公主*來親吻你，你就能變身為真正的王子了！天知道多少姑娘們會想吻你！」

我立刻想到**多愁**，一想到她的嫉妒心，我就嚇得全身直打哆嗦：若是真有誰要來親親我，她一定會……

把我打成鼠肉醬！

千面鼠催促我：「怎麼樣，你覺得如何？你會買這套道具服，對吧？你買，還是不買？快點做決定，我要趕快關門，回家化妝，然後漂漂亮亮地參加這個舞會，知道嗎？」

我**嘀咕**説：「呃，千面鼠，謝謝，可……這套道具服馬馬虎虎，其實有點傻氣，應該說很**難看**……也許我之前沒表達清楚，我不太適合這套衣服……我是個文化鼠，經營着《**鼠民公報**》……我需要一身正直帥氣的打扮，比如說，扮成**騎士**、或者**魔法師**、或者**國王**、或者是神話中的任何人物，總之……我不想扮成模樣可笑的傢伙！」

千面鼠聳聳肩膀：「哦，隨便你。你若不想要，那就算了。再見！」

她朝門走去，我趕忙攔住她：「**別走啊，千面鼠，請幫幫我嘛！**」

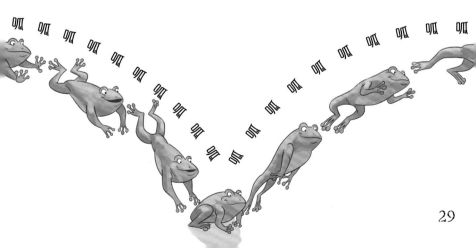

千面鼠對我嚷嚷：「謝利連摩，今天早上，我店裏有好多漂亮的衣服！有各種神奇的**龍族道具服**，**紅**、**黃**、**綠**色都有（有的還配有翅膀）；有各類男女魔法師道具服，配王冠的國王道具服、帥氣的騎士服（甚至還配了白馬坐騎）；還有矮人服、精靈服、食肉魔服……甚至還有些神話中的**惡魔道具服**：比如無頭怪服，眼睛血紅的幽靈服，還有**吸血鬼**服！例如，你的表弟賴皮就選了一身吸血鬼服，看上去古靈精怪……」

一想到這些神氣的衣服統統與我無緣，我忍不住眼淚在眼眶裏打轉。我歎了口氣，說：「我知道，我的確是安排**失當**，現在我該怎麼辦好？」

她在我肩上拍了一巴掌：「你就扮成青蛙王子吧！總比完全**沒有**道具服來得好，不是嗎？」

「你說的沒錯。這玩意，呃，我是說，這套衣服多少錢？」

她微微一笑：「謝利連摩，看在我和菲的交情上，這套衣服算我送給你吧。

「這個時間不會再有顧客上門，因為所有的小老鼠都在準備參加舞會！」

我感謝她後，便垂頭喪氣地向家走去。

我真是太傻了！居然把舞會的日期拋在腦後！

現在夜幕已經降臨，大街上行人疏落：所有的妙鼠城居民都在家中精心打扮，準備參加全民化裝舞會，準備晚上盡情歡樂……

只有

　　我

　　　感到

　　　　心情低落……

唉……

騎士

魔法師

國王

小丑

吸血鬼

聖誕老人

火龍

羅賓漢

矮人

各式各樣的道具服！

科學怪鼠

怪醫傑克

女巫

精靈

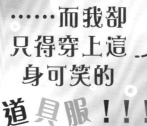

食肉魔

幽靈

海盜

……而我卻
只得穿上這
身可笑的
道具服！！！

青蛙王子

吱吱堡

　　我回到家中，換上這套得來不易的青蛙道具服。

　　這身服飾真讓我渾身不自在，以一千塊莫澤雷勒乳酪的名義發誓，我還要模仿青蛙的姿勢跳躍……我的雙腿必須時刻保持**彎曲**！

　　我戴上配着大金牌的項鏈，接着把王冠擦得閃閃發亮，才把它戴在頭上。

　　我在道具服的口袋裏摸出一朵**塑膠睡蓮花**，估計是為了拿在手裏做裝飾用，那一刻我感覺自己像個**大傻瓜**！

　　我將那朵塑膠花丟在一邊，現在已來不及再選其他衣服，我歎了口氣，跨出門去。我攔下一輛計程車。當那計程車司機看見我這身打扮時，他頓時爆發出一陣**大笑**。

我的青蛙王子裝扮

一整體造型

正面造型

側面造型

我試着跳一下……

我繼續練習
跳躍……

我在空中彈跳……

一隻完美的青蛙誕生了！

「哇哈哈哈，快來看呀，我這輩子還沒載過青蛙乘客呢……哈哈哈，你待會兒用什麼結賬啊，一小把蒼蠅嗎？再加**幾隻蚊子**給我當小費？」

我鬱悶得懶得回答，嘀咕道：「請你載我去……」

他搶過話頭說：「去**吱吱堡**，舉辦全民化裝舞會的地方，除了這裏你還能去哪兒？哇哈哈，難道要我載你去公園裏的池塘嗎？」

計程車沿着街道一路飛馳，我似乎聽到一把古怪的聲音在呼喚我：

我向窗外張望，可一無所獲。**真奇怪！**也許這聲音來自我腦海中的幻覺，宛如**海浪**波濤聲延綿。

全民化裝舞會的歷史

吱吱王朝的貴族後裔**陶樂·花皮鼠公主**在1654年創辦了第一屆全民化裝舞會。每年在公主的生日那天，她都會在自己城堡內舉辦盛大的舞會慶祝。來賓有機會欣賞吱吱堡金碧輝煌的尖頂，以及城堡內美妙絕倫的裝潢。

陶樂·花皮鼠公主

公主的個性慷慨，希望與大家分享城堡建築的雄偉，因此舞會向所有妙鼠城居民開放。任何居民只要悉心化裝打扮出席，就可以進入城堡內盡情歡樂。由於花皮鼠公主喜愛各類童話故事，因此希望參加**全民化裝舞會**的嘉賓都身穿童話人物的道具服飾出場。從那時起，每年的這一天妙鼠城居民都會花盡心思裝扮自己，藉此競逐在舞會上選出的最佳服裝獎。誰能贏得這個獎項，就能獲得一頂以純金打造的名貴王冠，而且大家會在接下來的一整年稱他為「夢想之王」。

計程車載着我駛向吱吱堡。城堡坐落在妙鼠城郊外的山丘上，在夜晚燈火通明，變得閃閃發亮，金光璀璨。

　　我們抵達了目的地，計程車司機嬉皮笑臉地對我說：「很遺憾我沒法吻你，謝利連摩先生，就算我吻了你也沒用，誰讓我不是*漂亮的公主*呢，哈哈哈！」

　　我無可奈何地歎了口氣，跳下計程車，跳進城堡大門。我混在一大羣身穿各式道具服的小老鼠中，來到一個鋪着大理石的城堡大廳。

啊，吱吱堡是多麼壯麗啊！

　　大廳上方懸掛着價值連城的燈飾，空氣中散發着玫瑰的芬芳。餐桌上鋪着細密亞麻餐布，上面擺放着**精緻的餐點**：乳酪點心、乳酪蛋糕、莫澤雷勒乳酪串、高更佐拉乳酪巧克力餡餅，總之都是我們小老鼠愛吃的美食！

舞會來賓們所穿的各式各樣的**道具服飾**也美極了！有仙女和女巫、公主和王子、國王和王后、騎士和侍女……甚至還有火龍、幽靈和哆哆哆……那些可怕的**女巫！**

嗚嗚嗚，只有我一個穿着可笑的青蛙王子服……我尷尬得無地自容，只好跳進花園，藏在一個**大理石砌成的噴泉**後面。

噴泉的水流嘩啦嘩啦在流淌，恍惚間我又聽見了古怪的呼喚聲：

「騎士士士！騎士士士！騎士士士！騎士士士！騎士士士！騎士士士！」

我向四周張望，可誰也沒看見。

真奇怪！也許這聲音來自我腦海中的幻覺，只是嘩啦嘩啦的**流水聲**……

求求你，別再吻我了！

為了防止大家認出我，我在臉上套上了青蛙面具。看來我真有先見之明，因為我剛返回大廳，想跳到餐桌前拿上幾塊高更佐拉乳酪蛋糕，圍觀的鼠羣裏傳來一陣哄笑。

「哈哈哈」「嘿嘿嘿！」
「嘻嘻嘻！」

傻瓜啊！　　哈哈哈！　　嘿嘿嘿！　　嘻嘻嘻！

「看看他跳的樣子！」

「這身裝扮太**傻**了！」

「你們看啊，這傢伙居然還掛着個金牌，上面寫着『**誰來親親我？**』」

大家樂不可支。

啊，他們笑得可真高興啊！

只見鼠們一個個笑得前仰後合，有位小姐跳到我身邊，撅起嘴唇打趣想要**親我**，一邊尖叫：「我來試試看：看看你能不能從青蛙變成王子？」

哈哈！　呼呼呼！　傻瓜啊！　親親！

45

救命啊！！！

你好大的膽！

就在此時，一個怒氣沖沖的身影突然出現在我們面前，這身影揮起 手袋 向那位準備親我的可憐小姐打去，嘴裏高聲叫嚷：「你好大的膽子，狐狸精！休想靠近小謝利，他是我的！我就是多愁．

黑暗鼠，你眼前的這隻青蛙，我是說這個傻瓜樣的傢伙，謝利連摩，他是**我的**，聽懂了嗎？你們這些女孩子都離他遠點兒，否則我出手可不客氣！」

多愁隨後狠狠地 打 了我一下，「你也小心點兒，下次少再招蜂引蝶！」

我剛想和她解釋：我根本沒什麼念頭招蜂引蝶。可還沒等我開口，多愁就在我頭上深深地印上一個吻。

「啵！！！」

46

她一臉認真地打量着我，說：「唔，看來一個吻也不夠嘛，你還是一隻青蛙呢。看來我必須一直親下去，直到你變成**我的**白馬王子為止！」

說罷，多愁的吻就如雨點般不停地落在我的臉上：啵！！！　啵！！！　啵！！！
啵！！！　啵！！！　啵！！！

她沒有經過我同意就親個不停，我不滿地抗議說：「不好意思，別親啦！我已經厭倦了扮成一隻青蛙！我也不想被吻個不停……我更不想成為**你的**白馬王子！」

快過來！　夠了！

47

然後，我站直身子，摘掉頭上的**青蛙面具**。

多愁嫉妒地瞇起眼睛，說：「哦，是嗎？你不想成為**我的**白馬王子？」

她狠狠捧了我一拳：「如果你成不了**我的**白馬王子，你也休想成為其他鼠的白馬王子！」

我身上重重挨了多愁一拳，身體頓時失去平衡，像根木頭一樣「撲通」栽進大廳當中的**仙女噴泉**中。

我頓時眼冒金星……

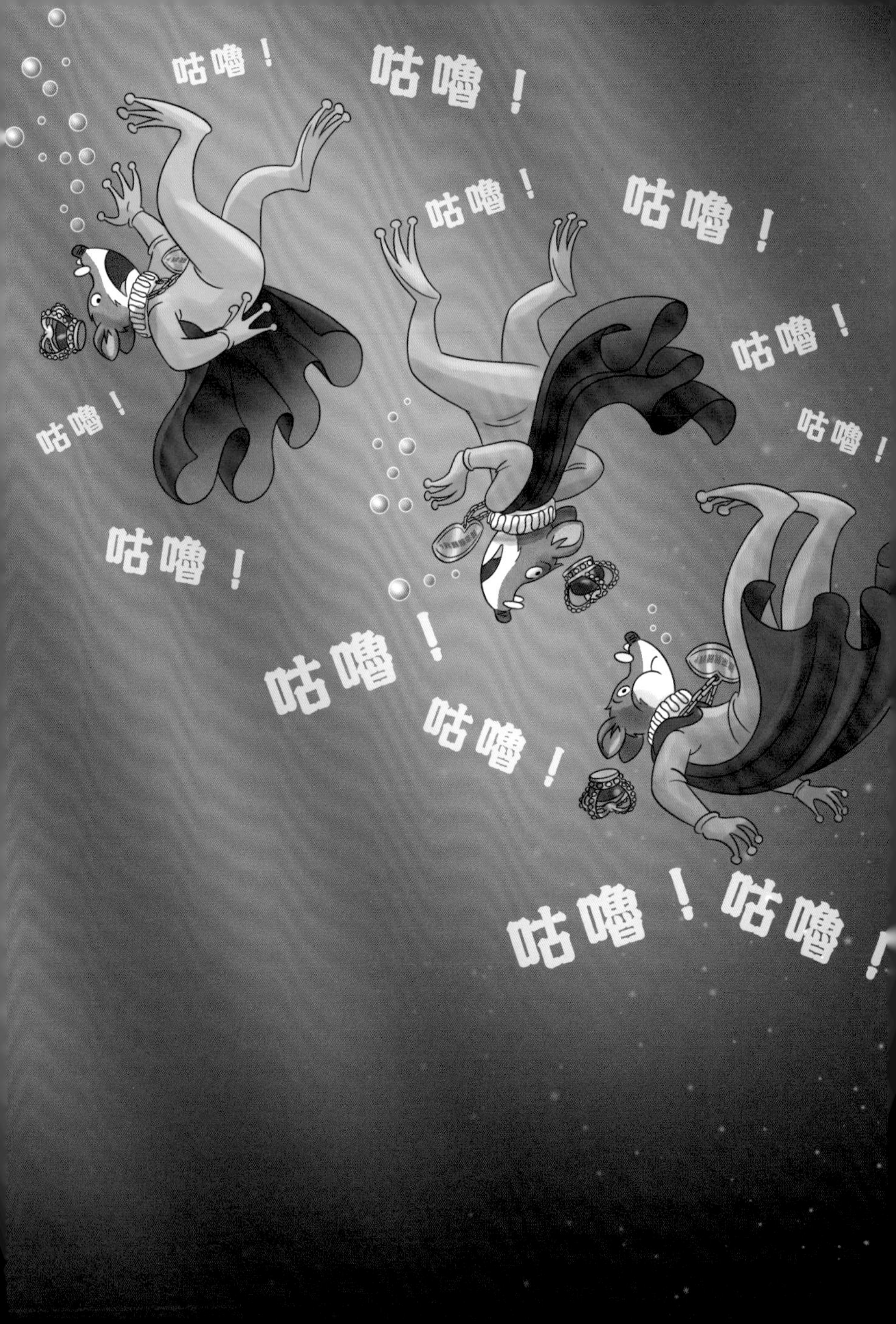

咕嚕！
咕嚕！
咕嚕！
咕嚕！
咕嚕！
咕嚕！
咕嚕！
咕嚕！
咕嚕！
咕嚕！
咕嚕！咕嚕！

我眼前出現了一片**星辰**旋渦……

星辰旋渦的轉速漸漸變得越來越慢，終於停止了。我重新張開眼睛，發現自己所在的位置並非**老鼠島**的吱吱堡，而是另一處極為美麗、極為遙遠、**極為神秘之地……**

沒錯，我又一次回到那個只有擁有夢想的翅膀才能抵達的國度——**夢想國**！

進入夢想國

甜蜜的梅麗薩

我睜開雙眼，意識到自己來到夢想國。因為
出現在我身邊的不是多愁，而是一位美麗神秘的鼠
小姐。她頭上戴着一頂華麗的黃金髮飾，看上去
像個公主……又或是仙女，因為她長着透明的小翅
膀，和仙女國皇后芙勒迪娜的翅膀一樣！

騎士，快醒醒！

這位鼠小姐容貌嬌艷：她的鼻子散發出宛如**玫瑰花苞**般香氣，眼珠透出玫瑰花般的粉紅色，她的鬍鬚看起來如絲綢般柔軟，身上穿着一條薄如蟬翼淺藍色的紗裙。

最讓我驚訝的，是她全身散發出**香草**的芬芳！

她長長的睫毛撲閃撲閃，憂心忡忡地對我說：「**正直無畏的騎士**，快點兒，快醒醒！」

我嘀咕着：「等等，我是誰？呃我是說，你是誰？」

她歎了口氣，眼神裏閃過一絲**悲傷**。她將右爪放在胸前，壓低嗓音回答說：「既然你堅持問我，騎士，那就告訴你吧……我是**甜蜜的梅麗薩**——香草仙女部落的公主！你現在身處於夢想國，身旁的湖泊叫做夢幻湖！」

我困惑地嘟囔着説：「誰？梅麗薩？香草仙女部落的公主？夢幻湖？」

咕吱吱吱！

我站起來，向四周張望，只見我面前是一片靜謐的海，海面上微微泛起浪花▪▪▪▪▪▪▪▪

在我身後，是一片棕櫚樹林……

在我所踏足之處，是一片海水沖刷而成的沙子幼細的沙灘……

而在我頭頂的天空上，一艘宏偉的四桅帆船正在飛行，其船身後閃爍着閃亮的星塵痕跡。

我震驚得張大嘴巴，我可從未見過如此神奇的場面啊！

那帆船在天空中留下星星點點的痕跡，然後突然向地面俯衝下來，徑直降落在我們不遠處的一片棕櫚林中。

　　仙子公主面色蒼白，催促我說：「快啊，騎士，快點兒躲起來，**他們**就要來了！」

　　我越發困惑地嘟噥：「**他們**？

他們是誰？」

　　她歎了口氣：「哎，這一切說來話長……正直無畏的騎士，你只需知道：**他們**手下眾多、是一股邪惡、十分危險……」

　　她帶我躲在一叢灌木後：「在這兒別動！他們馬上就來了！就是**他們**，正是**他們**，

黑帆船海盜！」

　　此時，遠處射來幾道光，我聽見有誰在哼着**可怕的歌謠**：

這裏有位真正的海盜，
他的名字叫大黑鼠……
他會搜刮海底所有的寶貝，
哈哈他還長着一截斷尾……
他的心中誰也不怕，
天大地大自己最大！
當人們談起大黑鼠，
會誇他是唯一的海盜……
他的寶劍如剃鬚刀鋒利，
他的目光如禿鷲般陰狠，
他的心腸比石頭還堅硬，
他在浪濤裏來來又去去！
而當他駕駛黑帆船降落，
快快逃吧，
要是你還想活命！

我的鬍鬚……因為恐懼而顫抖！

　　我們躲在一旁，梅麗薩悄聲對我說：「騎士，在**海盜**抵達前，讓我先向你介紹自己的身世，以及你為什麼會來到

夢想國……」

　　我搶着說道：「我猜一定是仙女國皇后芙勒迪娜請你擔任特使來召喚我吧……這一次她又有什麼**任務**要指派我完成呢？」

　　梅麗薩垂下目光說：「騎士，這次是我自己召喚你！現在我會將一切來龍去脈告訴你，如果你有耐心聽我接下來所說的話……」

　　梅麗薩開始娓娓道來，她身上甜美的**香草氣味**隱隱將我包圍……

甜蜜的梅麗薩
香草仙女部落的公主

梅麗薩公主的不幸故事

　　我，**甜蜜的梅麗薩**，是**香草仙女部落**的公主。我們的族裔是夢想國中唯一外形酷似老鼠的族羣，而我們背上還長着翅膀！我是芙勒迪娜的好友！我們的部落雖然小，但因香氣四溢而聞名。因為四處種滿了**鮮花**。

　　從鮮花的花粉中，我們能夠提煉出一種金色的神奇粉末。這種粉末會散發出香草的氣味，使用它就可以飛上天空，因此我們叫它「飛天香草」！

　　只有在**香草島**上才可提煉出**飛天香草**。只需一撮少量的飛天香草粉就能使任何物體飛上天空，就連龐然大物也不例外！我們仙女將香草粉秘密地收藏在一個銀色匣子裏，因為它非常珍貴稀有，在夢想國價值連城。

以及香草島的魔法之物

遺憾的是，在一個月黑風高之夜，一夥窮兇極惡的海盜駕駛着可怕的大帆船，闖進我們的島嶼。

海盜們搶走了那個收藏飛天香草的匣子，並且綁架了身為部落公主的我！

從那一刻起，由於海盜們奪取了飛天香草的魔力，他們的**黑帆船**就能夠在天空中飛行……

幸好，我找到機會成功逃走了，但仍時常擔憂海盜首領——**大黑鼠・殘尾盜**來把我抓回去。更令我寢食難安的是，我發現大黑鼠已經與夢想國最邪惡的魔法師——**巨人魔**結成了聯盟，並將珍貴的飛天香草全部轉交給了他！

呵呵呵！

放開我！

聽完梅麗薩的自白，我默默無語：這羣海盜太**殘暴**，也**太邪惡了**！

梅麗薩歎了口氣：「現在你明白我為何召喚你了嗎？因為我走投無路了！我很高興你來了，因為你一定能救我，**正直無畏的騎士**！你曾多次救出我的朋友芙勒迪娜！她一直和我提起你，說你

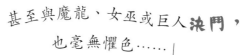

十分**勇敢，**

無所畏懼，

甚至與魔龍、女巫或巨人**決鬥，**

也毫無懼色……」

我嘀咕着說：「呃……這個嘛……某種程度上來說……我算得上勇敢……或多或少……有時候……不過你先告訴我，這個**大黑鼠海盜**到底有多兇殘？」

「騎士，既然你如此勇敢，這海盜有多兇殘又有何重要？」

她端詳着我，驚訝地叫起來：「騎士，怎麼了，**為什麼**你的鬍鬚直發抖？

　　為什麼你的牙齒直打架？

　　為什麼你的臉色變得蒼白？

　　為什麼你的膝蓋發軟？」

真可怕！

　　我羞於承認自己也會**害怕**，**非常害怕**，也會**恐懼**，甚至不敢和一位如此兇狠的海盜對抗。我嘟囔着：「呃，我感覺全身發冷，嗯，海水太冷了……」

　　梅麗薩於是繼續解釋說：「既然你想知道大黑鼠有多**兇殘**，我就來和你說明為何大家如此畏懼他……」

67

海盜之魔
大黑鼠·殘尾盜的身世

大黑鼠是古老的海盜家族——黑帆船家族的後裔。因為一條鯊魚咬掉了他一半的尾巴，從此他的綽號叫做殘尾盜！大黑鼠是一個名副其實的海盜，他謊話連篇、好吃懶做、奸詐邪惡，為了戰勝對手不惜付出任何代價！

他平日不是駕駛着黑帆船在海上監視其他船隻，就是躲在自己的秘密基地中。據說大黑鼠將自己畢生搜刮來的寶貝裝在十三個銀匣子中，埋在秘密基地……沒有誰清楚知道這個秘密基地的準確位置。

黑帆船家族全都是
讓人聞風喪膽的海盜！

大黑鼠·殘尾盜是海盜歷史中最為著名的海盜——虎威鼠·短鬍盜的兒子。據說短鬍盜的對手，在一次決鬥中割掉了他的鬍子，自此以後他的臉上再也沒長出鬍鬚了，因此綽號為短鬍盜。短鬍盜後來與一名女海盜——獅吼俏·短刀娘結婚，短刀娘以善耍短刀近身搏鬥聞名於世。

大黑鼠就是這兩位鼎鼎大名的海盜夫婦的獨生子。

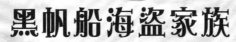

黑帆船海盜家族

大黑鼠·殘尾盜

虎威鼠·短鬍盜

獅吼俏·短刀娘

大熊鼠·多鬍爺和
金槍盜奶奶

長眼賊

利爪姑

大黑鼠‧殘尾盜

梅麗薩話音剛落，我聽見四周傳來一陣樹葉的窸窣聲⋯⋯接着我隱約看到似乎有燈火朝我們身處的地方移動⋯⋯這時微風夾雜着某種氣味撲鼻而來，啊！那應該是很久沒洗澡的身體所散發的臭味⋯⋯

很臭啊！

快走啊，騎士！

梅麗薩低聲提醒我：「快走啊，騎士，我們快逃！」

可一切已經太遲啦⋯⋯

突然間，我的面前亮起一盞油燈，一個低沉的聲音叫嚷道：

「看哪看哪看哪⋯⋯這是誰啊⋯⋯一個流落荒島的倖存者！」

說話的是一個又矮又胖的老鼠，體形壯實。他的輪廓和鼻子扁平，他的目光又兇狠又銳利。他的耳朵光秃秃的。

他只有一顆牙齒！

而他的尾巴⋯⋯只有半截！

原來，他就是⋯⋯

大黑鼠·殘尾盜！

71

他尖聲大叫：「來呀，讓我好好看清楚你，你到底是隻青蛙，還是隻小老鼠⋯⋯」

　　他提起左手舉起油燈，瞇縫着眼睛上上下下地打量我，說：「哼，你這個傻瓜樣的小老鼠是誰？不過我才不關心，我在找的不是你⋯⋯」

　　他舉起油燈，發出一聲勝利者的大吼：「**我在追尋的就是她！**」

大黑鼠滿意地摸摸鬍鬚，說：「看哪看哪看哪，真是個**驚喜、大驚喜、非常大的驚喜**！我用鬍鬚偵察，我用耳朵監聽，我豎起每根毛髮……終於逮到你了，小公主！」

他又冷笑道：「歡迎你回來，梅麗薩公主！你自以為可以逃脫，可沒有**誰**能逃出我的掌心，你也不行，我親愛的……」

他伸出手臂，想揪住公主。我馬上大喝一聲：**「休想傷害公主！」**

大黑鼠爆發出邪惡的大笑：「哈哈哈哈，你這不知天高地厚的小老鼠，我還需要你的准許嗎？我要抓了你，在廚房裏削馬鈴薯，看你還怎麼逞英雄！」

他身後一把聲音抗議道：「大黑鼠船長，準確來說，我需要的是一位見習水手、**頁兼洗碗工、削馬鈴薯工、刷甲板工、水管工、全能打雜工……」**

73

油脂球・大肚子的新任見習水手

剛才說話的是一個身形高大肥胖的老鼠。

他的**鬍子漆黑**濃密，布滿油光，彷彿在油中泡過一般。他的眼睛像黑橄欖一樣小，他長着蒜頭鼻，碩大的**耳朵**就像兩顆椰菜花。

他身穿一條圍裙，上面**污漬斑斑**：布滿了油脂、牛油、巧克力、沙律醬、烤肉醬的痕跡……

他一隻手爪提着一口鍋子，裏面裝着腐爛的食物，上面還飛着**一大團蒼蠅**，他的另一隻手爪正握着一把大銅勺，不停地在鍋裏攪拌着。

他的頭上戴着一頂廚師帽，上面騎着一隻長相難看的綠色**鸚鵡**。那鸚鵡正呼呼大睡，鼾聲如雷：呼嚕……呼呼呼呼！

說話的正是**油脂球・大肚子**，黑帆船甲板

上的主廚！

　　大黑鼠一聲令下：「油脂球，今天是你的幸運日：你有一個**新助手**啦！他的名字就叫『傻瓜臉』，誰讓他長得像個傻瓜呢！」

　　油脂球舉起大勺，敲敲我的頭：

砰！！！

油脂球・大肚子

　　他是黑帆船上的主廚。其實他所烹調的菜餚都非常難吃，只有大黑鼠和他的小弟們才嚥得下去！他的拿手菜是「腐爛蟲湯」：為了讓這道湯更加入味，他最喜歡把在甲板上能捉到的蟲子全部扔進去煮：蒼蠅、蜘蛛、蟑螂……真是別具風味的啊！而他頭上的綠色鸚鵡跟他總是形影不離的！

梅麗薩趁混亂之際在我耳邊低語，說：「騎士，求求你快想想辦法逃走！」

我試著鼓起**勇氣**，安慰她說：「別害怕，公主，我會救你出去！」

主廚用一根**銅製的大叉子**，叉在我的屁股上，嘴裏唸唸有詞：「傻瓜臉，快行動起來，還有一堆事情等着你做呢，**明白嗎**？？？？」

我高聲抗議：「我明白，沒有必要這樣叉我嘛！」

傻瓜臉！

唉喲！

騎士……

可是，在路上，廚子仍沿路不停地對我叉啊、叉啊、叉啊，直到來到一個隱秘的**潟湖**前。

黑帆船就停泊在潟湖中，船舷兩側印有帆船的名字！

這艘船整體都是黑色的，從甲板到風帆，船桅上飄揚着一面可怕的黑色海盜旗！

但最令我驚訝的，是它全身散發出的**可怕氣味**！

它⋯⋯比食肉魔的**腋窩**還要臭！

比女巫的**唾沫**還要臭！

比怪獸的**腳掌**還要臭！

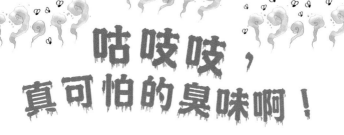

咕吱吱，真可怕的臭味啊！

黑帆船的秘密

　　油脂球向我指了指黑帆船，然後帶我進入廚房，把一套破爛的 海 盜 衣 服 丟給我，包括：一條紅頭巾，一件白襯衫，一條綠色褲子，和一條帶有金色皮帶扣的腰帶。

　　他在我手爪裏塞上一把刷子，使喚我說：「傻瓜臉，你看見黑帆船有多大了吧？你看見甲

打扮成青蛙王子的謝利連摩

之前

在黑帆船上換上海盜服飾的謝利連摩

之後

板有多長了吧？你看見廚房有多髒了吧？你看見洗碗槽裏的骯髒盤子堆積如山了吧？你看見袋子裏堆滿的馬鈴薯了吧？你，這些*全都由你負責處理*，將整艘船擦淨！

你，把**整艘船**的甲板刷乾淨！

你，把廚房打掃得**一塵不染**！

你，把廚房裏*所有的*盤子洗刷乾淨！

你，把袋子裏的馬鈴薯**全部一一削皮！**

明白嗎？！」

隨後，他狂笑起來：「這還沒完呢！還有好多事情等你做呢（哈哈哈！）：把船艙打掃乾淨（呵呵呵！）把牀鋪疊好（嘻嘻嘻！），把船帆升起來（嘿嘿嘿！）。現在你先從最難的開始做吧：快去把廁所刷乾淨！（呼呼呼！）

我歎了一口氣，說：「呃，好吧，可我該從哪兒開始呢？從哪個廁所開始刷呢？」

他笑得眼淚都出來了：「這個問題太簡單了，哪怕是傻瓜都懂：**哪裏最臭，就從哪裏開始吧！」**

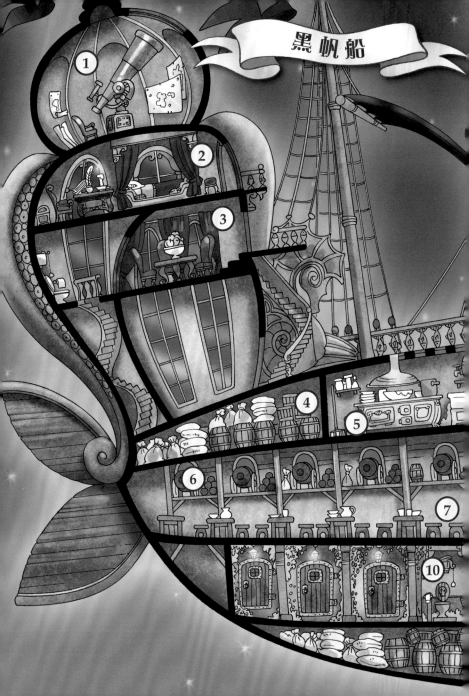

黑帆船

大黑鼠・殘尾盜
的船員

廚師的寵物
呼嚕鸚鵡
牠總是在睡覺，睡到天昏地暗，牠的鼾聲無人能及！

廚師
油脂球・大肚子
他做的菜餚，要多難吃有多難吃！

水手長
發令伯
他最喜歡向船員發號施令。每次都呼喊到自己臉紅脖子粗！

舵手
地圖・方向鼠
他是研究地圖的專家，負責制定航線。

頭號水手
壯實・大鬍子

他是船上最強壯的，也是頭腦最簡單的！

3號水手
機靈·風向鼠
他性格講究精確，甚至吹毛
求疵，對船帆十分精通。

2號水手
肚皮鼓·乳酪鼠
他是船員中嘴巴最饞的，
最喜歡吃乳酪！

4號水手
笨笨·迷糊鼠
他性格蠢笨，
總是話不對題！

5號水手
嘮嘰·衝動鼠
他個子矮小，容易激動，
常常為小事發脾氣！

6號水手
白忙·賴骨頭
他看上去每天忙忙碌碌，
其實最會想盡法子偷懶！

　　隨後，廚師搖搖頭走遠了，嘀咕道：「那個傻瓜臉竟然問我從哪個**廁所**開始……真好笑……我要跟表哥發令伯講講……」

　　我還能怎麼做？我只能默默地拿起水桶和掃帚，向散發出**惡臭**的地方走去。

　　嗚嗚嗚，我每走一步，那陣非常噁心的**臭味**越見濃烈……

嗚呀！嘔！真嘔心！

黑帆船上的污水管

我跟隨着臭味來到帆船底部，終於來到一道門前，只見有一大團**蒼蠅**圍繞在其中一道門上盤旋着，地上布滿了一卷卷廁紙。

這道門邊釘着一張羊皮告示，上面寫着：

注意！進入廁所前，務必帶上鼻塞！不然，後果自負！

我趕忙帶上鼻塞，可依然能聞到異常濃烈，非常可怕的臭味！

咕吱吱，這個廁所真是臭氣熏天！

我向四周張望……

只見一團團蒼蠅，蟑螂四處飛舞，甚至還有**跳蚤**在跳來跳去！

在廁所裏的馬桶蓋上，畫上了一個代表海盜的**骷髏頭**，以及兩條骨頭交錯的圖案。

88

　　我硬着頭皮打掃起來，用了整整一夜才把這個臭氣熏天、奇臭無比的**臭廁所**洗刷乾淨！我敢肯定這裏已多年沒有打掃過！

　　直到黎明時分，我才完成了幹活。我這才放鬆下來，歎了口氣，然後向**船艙**寢室走去，上面掛着一個牌子：

船員寢室

　　我癱倒在那爬滿**跳蚤**的牀褥上，並蓋上了被子。

1. 呃呃呃……這牀褥上爬滿了跳蚤！！！

2. 可我累壞了，顧不得這麼多，得馬上睡去！

　　我一想到還要救出梅麗薩，就憂心忡忡，可我累壞了，顧不得這麼多，得馬上睡去！就這樣，我倒在吱嘎作響的牀鋪上，開始呼呼大睡，度過了生命中**最難熬的夜晚**！

呼嚕……呼……呼嚕嚕……呼呼呼……

　　在我酣睡沒多久……嘩啦！一盆**冰冷的水**直潑到我臉上。

救命……

3

我酣睡沒多久……突然，
一盆冰冷的水直潑到我臉上。

我瞪大眼睛一看，原來是油脂球·大肚子。他說：「快醒醒，傻瓜臉！日上三竿，還不起牀！船上的工作多不勝數，全等着你來做！**明白嗎！**」

他用那大叉子猛地叉我的屁股，把我逼到廚房，然後提着我來到堆積如山的**馬鈴薯**前：「快開始給它們削皮，明白嗎？」

隨後，廚師走到甲板上一邊曬太陽，一邊搖着扇子，喝着薄荷茶；而我則被困起來繼續做苦工……

我剛剛削好幾個馬鈴薯，就聽到大黑鼠船長大叫起來：

**「所有船員，各就各位，
出發發發發發！」**

船員們開始揚起船帆，嘴裏齊聲吆喝着：

**「哦嘿喲嘿喲……哦嘿喲嘿喲……
哦嘿喲嘿喲嘿喲嘿喲……」**

沒過一會兒，我腳下的地板開始猛烈震顫起來。

我跑到廚房的  **舷窗** 前，看到船的船帆被風吹得鼓起了。

沒過一會兒，**帆船** 迎風破浪，逐漸升上天空……

這是多麼奇妙啊！

繩索
帆三層帆桅杆
支索錨主帆舵龍骨甲
板船首斜桅船尾船頭船長
船員繩索帆三層帆桅
杆支索錨主帆舵龍骨甲板 船
首斜桅船尾船頭船長船員繩索
帆三層帆桅杆支索錨主帆舵龍骨甲板
船首斜桅船尾船頭船長船員繩索帆
三層帆桅杆支索錨主帆舵龍骨甲板船首斜
桅船尾船頭船長船員繩索帆三層帆桅杆
支索錨主帆舵龍骨甲板船首斜桅船尾船
頭船長船員繩索帆三層帆桅杆支索錨主
帆舵龍骨甲板船首斜桅船尾船頭船長船員
索帆三層帆桅杆支索錨主帆舵龍骨甲板船
船尾船頭船長船員繩索帆三層帆桅杆支索

繩 索
帆三層帆
桅杆支索錨主
帆舵龍骨甲板船
首斜桅船尾船頭
船長船員繩索三
層帆桅杆支索錨
主帆舵龍骨
甲板繩
索 帆
三層帆桅
杆支索錨主帆舵
龍骨甲板船首斜桅
尾船頭船長船員繩索帆三
層帆桅杆支索錨主帆舵龍
骨甲板船首斜桅船尾船頭
支索錨主帆龍骨甲板
船首斜桅船尾船頭
船長船員繩

帆桅杆支索錨主帆舵龍骨甲板船首斜桅船尾船頭船長船員
繩索帆三層帆桅杆支索錨主帆舵龍骨甲板船首斜桅船
船尾船頭船長船員繩索帆三層帆桅杆支索錨主帆舵龍骨
龍骨甲板船首斜桅船尾船頭船長船員繩索帆三層帆桅
桅杆支索錨主帆舵龍骨甲板船首斜桅船尾船頭船長船員
長船員繩索帆三層帆桅杆支索錨主帆舵龍骨甲板船
甲板船首斜桅船尾船頭船長船員繩索帆三層帆桅杆
層帆桅杆支索錨主帆舵龍骨甲板船首斜桅船尾
斜桅船尾船頭船長船員繩索帆三層帆桅杆支
層帆桅杆支索錨主帆舵龍骨甲板船首斜
舵龍骨甲板船首斜桅船尾船頭船長船
桅船尾船頭船長船員繩索帆
桅船尾船頭船長船員繩

繩
首斜桅

繩索帆三層

船員

及船首斜桅船尾船頭船長船員

杆支索錨主帆舵龍骨甲板船首斜桅船尾船頭船長船員

船員繩索帆三層帆桅杆支索錨主帆舵龍骨甲板船首斜桅

船尾船頭船長船員繩索帆三層帆桅杆支索錨主帆舵

舵龍骨甲板船首斜桅船尾船頭船長船員繩索帆三層帆

桅杆支索錨主帆舵龍骨甲板船首斜桅船尾船頭船

頭船長船員繩索帆三層帆桅杆支索錨主帆舵龍骨

龍骨甲板船首斜桅船尾船頭船長船員繩索帆三

索帆三層帆桅杆支索錨主帆舵龍骨甲板船首

十甲板船首斜桅船尾船頭船長船員繩索帆三

長船員繩索帆三層帆桅杆支索錨主帆

桅杆支索錨主帆舵龍骨甲板船首斜

錨主帆舵龍骨甲板船首斜

杆支索錨主帆舵龍骨

梅麗薩的秘密

　　這時，船長大黑鼠瞭望風勢，高喊一聲：「現在，全速向**巨怪國**前進！」

　　隨後，他轉頭對梅麗薩說：「我們會把你交給他，你就要成為他的新娘啦！作為回報，他，

偉大的，
很偉大的，
非常偉大的
魔法師——巨人魔

會源源不斷把飛天香草供給我們，黑帆船就能永遠在空中航行！

啊哈！哈哈！哈哈！」

　　梅麗薩悲傷地搖搖頭，其他海盜開懷大笑，齊聲高唱走調的歌謠。

油脂球・大肚子恭維大黑鼠說：「大黑鼠船長，你在夢想國的所有惡霸裏，可謂最**壞**、最**奸**、最**兇**的啦！」

　　大黑鼠自豪地嘟囔着說：「此話當真？」

　　所有海盜異口同聲回答：

「沒錯，大黑鼠船長，你是最厲害的，也就是說，你是最壞的！」

只有笨笨・迷糊鼠不識時務地說：「船長，不過很多人說巨人魔比你還要**壞**呢……」

大黑鼠的面孔瞬間氣得發紫，聲嘶力竭地大吼：

「什麼什麼什麼麼？我的耳朵剛剛聽見什麼？」

所有的船員擔心地大叫起來：「大黑鼠船長，你可別動怒啊！」

我趴在**廚房**牆壁上，偷聽船員們的對話，決定制定計劃，救出梅麗薩公主！

黑帆船夜以繼日地向巨怪國**行進**，我試圖和梅麗薩說話，可大黑鼠安排了一個看守在她身邊寸步不離：

壯實・大鬍子

一天下午，黑帆船降落在一片荒涼的海灘上。此時已是黃昏，看守壯實・大鬍子倚靠着主桅杆**打起盹**來。梅麗薩趁機靠近我：「傻瓜臉，我是說，騎士……我們該怎麼辦？你有什麼**主意**嗎？」

　　我試圖安慰她說：「梅麗薩公主，相信我，我一定會救你出去的：要知道，我可是仙女國皇后的**好友**……」

把你丟去餵鯊魚！

梅麗薩嘀咕道：「騎士，我可不想**嫁**給巨人魔！請你告訴我，你真的能解救我嗎？巨人魔可是個法力非常高強的魔法師……」

我試圖安撫她，說：「就算他法力無邊，難道就能輕易打倒我嗎？我可是個吹吹鬍子，就能消滅他這樣的**敵人**！」

她回答：「謝謝你，騎士！那麼你認為怎樣才能從大黑鼠身邊逃脫呢？他是個那麼**兇狠的海盜**……」

我吹噓道：「我可是天不怕地不怕，更不會怕一位尾巴斷掉一截的海盜。

我可是位勇士，就是我！」

突然，有誰搭上我的肩膀……

就在這時，恰恰在這時，我背後傳來一把聲音：「**看哪看哪看哪……**」

我轉過身兒，立時嚇得臉色慘白了。

我背後站着的，正是**大黑鼠．殘尾盜**！

大黑鼠諷刺我：「嘿嘿嘿……我剛發現傻瓜臉居然是仙女國皇后的**好朋友**……以及巨人魔的**對手**……他更是位**勇敢的男鼠漢**，天不怕地不怕，甚至連像**我**這樣勇猛的海盜也不怕……」

他爆發出一陣大吼：「傻瓜臉，我要把你丟去餵鯊魚！」

所有的船員激動地齊聲高歌：

「誰讓你表現不好，
把你丟進怒海裏去……
賞給鯊魚當大餐！
你最好深諳水性，
否則將直墜海底！
水下等待着你……
一羣利齒鯊魚！」

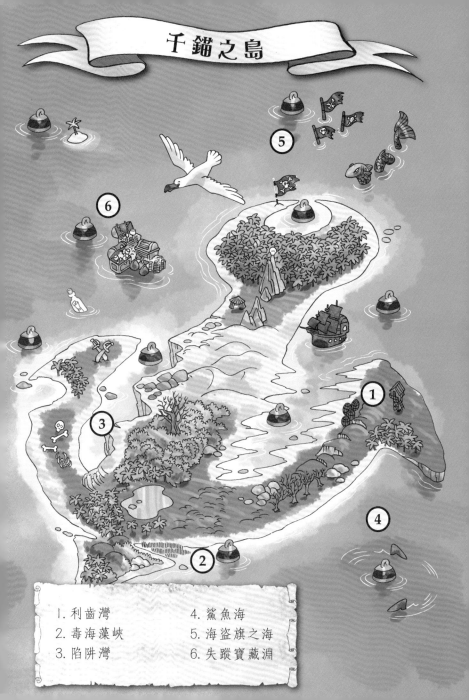

千錨之島

1. 利齒灣
2. 毒海藻峽
3. 陷阱灣
4. 鯊魚海
5. 海盜旗之海
6. 失蹤寶藏淵

我瞥了一眼大海，臉色直發白：以一千塊莫澤雷勒乳酪的名義發誓，浪濤下面簇擁着很多**巨大的鯊魚**，牠們的血盆大口裏長滿了一排排尖牙！

哇啊啊啊，怪不得這一帶海灣被稱為「**利齒灣**」⋯⋯

我轉頭朝大黑鼠求情：「呃，親愛的船長，我的確認識芙勒迪娜，至於巨人魔魔法師，我其實並沒有這個榮幸認識他⋯⋯說不定他很**友善**，我會跟他成為朋友⋯⋯至於我是不是勇敢，其實，我嘛，事實上，也許⋯⋯我是說，其實，我真的不太會游泳⋯⋯」

還沒等我說完，壯實·大鬍子把我捆得像根**烤香腸**，又用一塊臭臭的布條蒙住我的眼睛。

隨後，廚師油脂球用大叉子不停刺我的屁股，逼我走上船舷上一塊**窄長的木板**：「繼續向前走，傻瓜臉！看，鯊魚們正等着吃大餐呢⋯⋯」

我被那些海盜押上那一塊窄小的木板，嚇得不由自主地猛烈**顫抖**起來。

我大聲拚命呼喊：

**「救命命命！
我可不想成為
鯊魚的大餐啊！」**

大黑鼠狂笑起來：「太遲了，小老鼠，他們馬上就會撕扯你，又會猛地吞掉你，然後美美地打個飽嗝……這些鯊魚很喜歡吃鼠肉的，你知道嗎？

牠們是多麼  啊！」

海盜們將我猛力一推，我只聽到梅麗薩發出絕望的呼喊：「**不要啊啊啊啊啊啊！**」

很快……

我向不墜落頤泛

以一千根羽毛的名義發誓！

眼看我就要落入冰冷刺骨的海水中，快要成為 **鯊魚的大餐** 時，突然我聽見有誰高聲呼喊：

「嘎嘎嘎，從空中抓住那隻小老鼠，銜住他的尾巴！快去去去，嘎嘎嘎！」

說時遲，那是快，一張尖尖的喙猛地銜住我的尾巴，

把我救起並衝上天空飛去。

我頭上仍蒙着布條，什麼也看不見，我大喊：「**救命命命！**什麼了，我獲救了嗎？還是誰在綁架我？誰銜住我？」

一隻長有蹼的腳爪給我摘下了蒙住眼睛的布條，我這才看清楚狀況……我看見自己懸掛在半空中，有一大羣**海鷗**叼着我身上的繩子在飛翔！而我的周圍還圍着**數十隻**、**數百隻**、**甚至上千隻**海鷗……

鳥兒們齊聲向我打招呼：「騎士，別害怕，你現在已經得到**好奇海鷗部落**的庇護啦！嘎！嘎！嘎！」

　　海鷗們帶着我飛行了一整晚，直到黎明時分，我們在一處沙灘上**降落**。

　　我感激地向他們道謝：「朋友們，感謝你們救了我！」

　　一隻頭頂上戴着**金王冠**和金項鏈的海鷗代表全體海鷗說話：「我的名字是海鷗十三世，是好奇海鷗部落的國王。騎士，我們感到十分榮幸能夠**幫助你**！請允許我向你介紹我高尚的子民們……」

謝謝，你們救了我！

我們深感榮幸！

海鷗十三世
好奇海鷗部落國王

好奇海鷗部落的傳奇

海鷗們世代是仙女國皇后芙勒迪娜的好朋友，他們的祖先——海鷗一世曾經被芙勒迪娜所救。

有一天，當芙勒迪娜在海邊的沙灘上散步時，發現有一個海鷗的巢穴被暴雨中的海浪拍打到沙灘上。巢中有兩隻海鷗蛋，芙勒迪娜將它們帶回了水晶宮，交給她的好友——能夠下出金蛋的咕咕雞來孵化。一天，兩隻小海鷗從蛋內破殼而出了！他們長大後成為了好奇海鷗部落的國王和皇后。經過數代繁衍生息，海鷗的部落變得日趨壯大，形成了強大的好奇海鷗部落。

海鷗語詞典

嘎嘎：海鷗間表示驚訝的語氣詞。

嘎咕咕：困境中的海鷗求援的詞！

嘎呱呱：海鷗間打趣的話。

嘎嚕嚕：飛翔。

嘎喳喳：進行飛行特技。

嘎哇哇：讚歎的語氣詞。

嘎妙妙：形容海鷗很可愛。

嘎呸呸：形容海鷗很愚蠢。

嘎哼哼：形容海鷗很憤怒。

嘎皮皮：躲開閃避不愉快的事物。

嘎逃逃：危險！

嘎閃閃：趕快溜！

嘎嘩嘩：濺起水花。

海鷗族的日常用語

你在嘎啦啦？ 你在幹什麼啦？

我感覺嘎嘎地好！ 我感覺非常好！

你嘎我也嘎！ 你飛我也飛！

好奇海鷗部落

海鷗十三世和
他的家族成員

海鷗衛士

海鷗法官

海鷗律師

海鷗傻大膽

海鷗學者

海鷗化學家

海鷗醫生

海鷗小丑

海鷗大力士

海鷗小肥肥

海鷗美男子

海鷗歌唱家

海鷗瞭望員

海鷗美少女

海鷗廚師

海鷗衝浪手

準備進攻！

我好奇地問：「國王殿下，你們如何得知我有**危險**呢？」

海鷗國王答道：「嘎嘎嘎！騎士，你這張面孔在*夢想國*可是人人皆知⋯⋯你多次救出了我們敬愛的皇后芙勒迪娜！嘎嘎嘎，我們好奇海鷗部落是**大海的瞭望員**，海上和海裏發生的一切都瞞不過我們的眼睛！因此，當我們發現海盜們要將你丟進海裏餵**鯊魚**時，就立刻俯衝下來救你！」

一位目光堅定的海鷗姑娘補充道：「沒錯沒錯，以一千隻海鷗的名義發誓，這次**營救行動**真是險象環生啊！哪怕動作再遲一秒，你就要被鯊魚的利齒咬住了⋯⋯」

一想到自己險些小命不保，我渾身發抖起來……哆哆哆，好險啊！

　　我立刻想到了梅麗薩，她現在還被兇猛的海盜關在船上。我告訴海鷗國王：「朋友們，我還有一個朋友身陷危險，她就是**梅麗薩公主**！求求你們幫我救她出來！我們團結在一起，一定能夠做到！」

　　國王十三世用翅膀拍拍他的頭，嚴肅地說：「難怪海水裏總是混雜着香草味！我現在才明白！海鷗部落落，聽我號令令令！」

公主身陷危險！

海鷗們開始集結隊形，有的飛向**左**，有的飛向**右**。聽從上級發出的號令指示：「**形成隊形巡邏**！不對，應該是形成巡邏隊形！排成一列，準備雙翅合攏，轉體三周，雙目圓睜向下*俯衝*，隨後單腳立地旋轉！

準備進攻攻攻攻！」

海鷗們躍上高空，徑直向黑帆船俯衝而去。他們張開尖尖的喙，撲閃着翅膀，在天空上形成**浩浩蕩蕩的海鷗軍團**……

他們飛到帆船正上方，像炮彈一樣飛撲下去，嘴裏發出尖銳的叫聲：

嘎嘎嘎嘎嘎嘎嘎嘎！

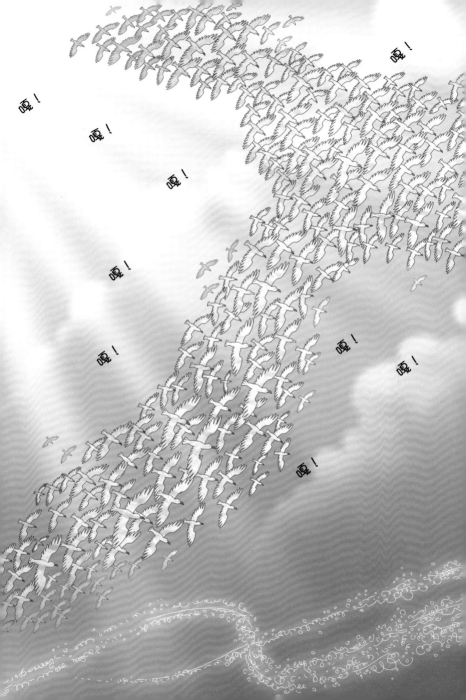

朋友，朋友，朋友！

　　海盜們看到龐大的海鷗兵團突襲，嚇得在甲板上四散奔逃，高聲大叫：「**以一千把馬刀的名義發誓……誰來救救我們？大家快撤退啊啊啊！**」

　　沒多久，海鷗們銜起梅麗薩，帶着她飛上天空，他們勝利的鳴叫聲在空中迴盪着。

　　海鷗大軍浩浩蕩蕩地在一處沙灘上降落，把梅麗薩帶到我的面前！

可憐的姑娘臉色蒼白，一臉驚懼。我向她跑去，**安慰**她說：「別害怕，公主，他們是朋友！」

海鷗們齊聲高鳴：

「朋友，沒錯，嘎嘎嘎，朋友！
朋友朋友朋友，朋——友，
朋友？」

然後，他們跳起了海鷗舞，踏着歡快的舞步，他們拍打着翅膀，嘴裏興高采烈地**哼唱**着節拍……

朋字由兩個「月」構成，

我們的心皎潔如月光！

將你的心兒照得通亮！

友的象形字就是兩隻手，

誰在困難時緊握手？

那就是我們的好朋友！

　　梅麗薩被海鷗們**滑稽的舞姿**逗樂了，興奮地鼓起掌來。然後，她滿含熱淚地感謝我：「謝謝你，騎士，當我召喚你時，我就知道你會前來*夢想國*救我……但當我看到海盜們將你推下甲板，我必須承認，有那麼一瞬間，我覺得一切都完了！」

　　我清清嗓子，坦誠地說：「呃，沒錯，其實我當時也覺得一切全完了……以一千塊莫澤雷勒乳酪

的名義發誓，若不是海鷗們出手相救，我已成為**鯊魚的大餐**啦！」

然後，我提議説：「既然我們已經脱離了險境，何不一起去拜訪你我的好友——**芙勒迪娜皇后**呢？這樣我可以當面問候她，還可以請她幫我回到妙鼠城的家……」

我補充説：「呃，其實我正急着回去：因為我的一位朋友正等着我呢，而且，你要知道，她可是個**脾氣暴躁**的鼠，我可不想，讓她久等……她一發脾氣，就會用袋子狠狠地砸我……」

梅麗薩微微一笑：「我已經等不及擁抱親愛的**好友**芙勒迪娜啦！」

海鷗十三世提議：「我陪你們一起去見芙勒迪娜，她也是我們的好朋友！不過我們要先準備一頓**海鷗宴**——這是我們海鷗慶祝勝利的宴會！」

鮮甜美味的周打蜆魚湯
海鷗大廚的家傳食譜

親愛的朋友們，

這次將我烹製**鮮美魚湯**的獨門秘方告訴你們，
這道秘方可是我的太一太一太婆婆海鷗仙姥傳下來的
啊！（這道菜已換成周打蜆魚湯，做法是參考我的家傳
食譜。）總之，第一件事就是要獲得足夠數量的魚來
熬湯（當然你們可以去魚市場或者超市採購啊，哈哈哈
哈！）

為了熬製一鍋美味的魚**湯**，
小朋友，請讓身邊的大人來幫忙啊！
大家一起齊心協力，來烹調一鍋美味吧！
呱唧唧唧唧！

材料： （約2-3人分量）

500克新鮮蜆（可用沙白）、一塊白魚肉（按個人喜好，可選擇性加入鱈魚柳、石斑、三文魚等魚肉或其他甲殼類海鮮。）、煙肉80克、馬鈴薯一個、洋蔥半個、芹菜一根、甘筍半條、歐芹若干、蒜頭一瓣、粟米粒適量；湯料：水300毫升、白酒80毫升、魚湯300毫升、中筋麵粉2湯匙、牛奶200毫升、淡忌廉80毫升、橄欖油少許；醃料：乾百里香半茶匙、糖、海鹽、胡椒適量。

做法：

● 把新鮮的蜆洗淨後，把它們靜置於清水中吐沙最少一小時，再清洗數次備用。

● 把煙肉、馬鈴薯、洋蔥、甘筍和芹菜切成粗粒，蒜頭、歐芹則切成碎末備用。

● 把蜆放進沸水中，記住水要蓋過面，加入白酒，把蜆煮至開口後，撈起蜆和蜆汁備用（你也可以按個人喜好把蜆殼去掉）。

● 把魚肉切件，用醃料醃10-15分鐘後備用。

● 先把煙肉倒入鍋中以中火炒至香脆後盛起備用。

● 加入蒜蓉、馬鈴薯、洋蔥、甘筍和芹菜粒炒至軟身；拌入麵粉和少許水，再加入魚塊和粟米粒，以中火蓋上鍋蓋燜煮3分鐘至魚肉變白。

● 接着，加入蜆汁、魚湯、熱牛奶、淡忌廉、橄欖油至水沸騰，最後加入蜆和煙肉轉慢火，鍋加蓋煮15分鐘至濃稠即成。

● 最後，你可準備一些麵包或梳打餅配濃湯一起享用。

要記住：魚肉有益健康！
因為魚類含有豐富蛋白質、維他命、礦物質，
是一種低脂肪，營養高的有益食物！

海鷗大廚向我們飛來，嘴裏叼着一個貝殼形狀的大鍋子，裏面盛滿了香氣撲鼻的**海鮮魚湯**。

海鷗們遞給我們幾片**大貝殼**作為碗，以及幾個珍珠貝切割而成的湯匙。

他們往湯裏灑了一小撮海鹽，隨後齊聲高唱：

「來吧來吧快品嘗，
海鷗朋友跟你分享，
魚肉美味又健康，
我們的魚湯無可媲美！」

我們開懷大吃起來，海鷗十三世國王在一旁宣布：「騎士，吃完了這頓大餐，我們就會載你們飛到芙勒迪娜皇后的**水晶宮**……」

嘎！

看，我們抵達水晶宮了！

隨後他向子民們傳令：「大家速速編織一個搖籃，應該説是**舒適的搖籃**，非常舒適的搖籃，來運送我們的朋友，嘎嘎嘎！我們可以用結實的**水藻**纏成繩索來提起搖籃，讓他們來一趟難忘的空中旅行！」

就這樣，海鷗們利用這種獨特的**交通工具**，載着我們飛行了整整一天一夜……

我們在高空中**飛翔**，離地百丈，然而我絲毫不感到畏懼，因為我知道載着我們飛翔的是值得信賴的海鷗**朋友們**！

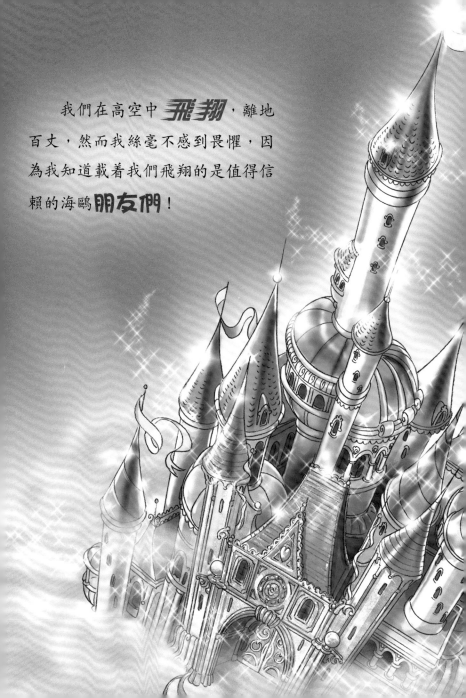

小子們，你們讓我說！

　　海鷗們緩緩地把搖籃降落在水晶宮塔頂上，讓我和梅麗薩從裏面爬出來。

　　正當我們向海鷗們表達謝意時，我突然看到一位相識已久的好朋友向這邊奔來……

　　那就是——斯咕嚕・賴嘰嘰！

　　只見他的身旁還有位朋友，變色龍膿包和寄居蟹。

　　賴嘰嘰上氣不接下氣地跟我說：「騎士，聽我說！我們有個**比天大的麻煩更大的麻煩**……」

　　變色龍膿包爭先恐後地一把揪住賴嘰嘰的鼻子，搶着說：「住嘴，你這綠皮蛙，讓我說，我說得比你清楚！聽着，騎士，有個麻煩只有你才有能

力⋯⋯」

　　寄居蟹用鉗子**阻止**他們兩個，插嘴說：「小子們，你們讓我說！我說得才真叫傢伙。總之，有個傢伙（從寄居蟹語翻譯過來：朋友們，你們讓我說！我說得才真叫清楚。總之呢，有個麻煩⋯⋯）」

斯咕嚕·賴嘰嘰

變色龍體包

寄居蟹

137

就在此時，一把有如銀鈴般清脆的甜美聲音說道：「朋友們，讓**騎士**歇息一會兒吧，他一路長途跋涉，已經很疲累了……我們總有時間把夢想國將面臨重大的危機解釋給他聽，他定能助我們一臂之力解決危機的！」

我轉過身，看到了世上最美麗的仙女！

她的輪廓纖細泛出藍色的光暈，她長長的藍色秀髮就像天空般蔚藍，碧藍色的眼珠仿如**寶石**閃亮動人，她身穿長長的絲綢裙子，頭上戴着玫瑰王冠，腳上穿着珍貴的**水晶鞋**……

她就是仙女國皇后，也是夢想國的統治者，芙勒迪娜！

芙勒迪娜皇后
夢想國的統治者

夢想國地圖

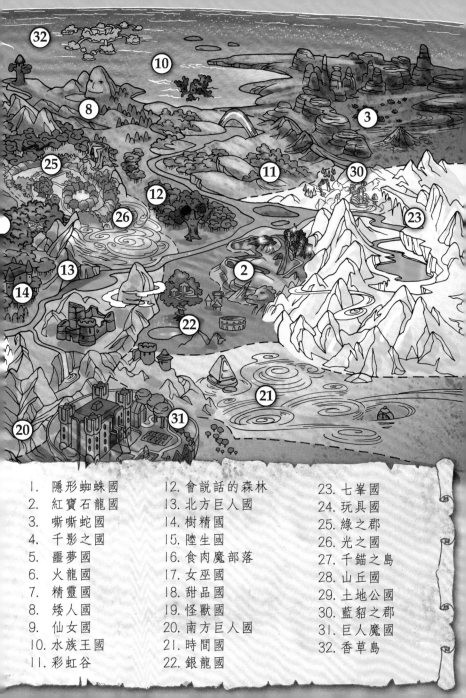

1. 隱形蜘蛛國
2. 紅寶石龍國
3. 嘶嘶蛇國
4. 千影之國
5. 靈夢國
6. 火龍國
7. 精靈國
8. 矮人國
9. 仙女國
10. 水族王國
11. 彩虹谷

12. 會說話的森林
13. 北方巨人國
14. 樹精國
15. 陸生國
16. 食肉魔部落
17. 女巫國
18. 甜品國
19. 怪獸國
20. 南方巨人國
21. 時間國
22. 銀龍國

23. 七峯國
24. 玩具國
25. 綠之郡
26. 光之國
27. 千錨之島
28. 山丘國
29. 土地公國
30. 藍貂之郡
31. 巨人魔國
32. 香草島

1. 千瓣玫瑰
2. 女精靈湖
3. 仁慈林
4. 林中空地
5. 野玫瑰
6. 綠叢林屋
7. 解花山
8. 仙女莊園

9. 不老泉
10. 白銀淵
11. 仙女教母塔
12. 金夢峯
13. 秘密山
14. 水晶宮
15. 泥濘小區
16. 光明希望大道

17. 綠柵欄
18. 仙女居住區
19. 魔力城火車站
20. 真愛堂
21. 永恆愛之門
22. 人馬獸與仙女森林

沒有誰能抵擋仙女之淚……

我單膝跪地，親吻芙勒迪娜散發着**玫瑰**芬芳的小手。

「皇后陛下，你變得更美了！很高興在我回家前能再與你見面！」

她朝我微笑，可眼神中透出**悲傷**。

「騎士，有很多事你還有所不知，有**很多困難**只有你，唉，只有你能解決……」

我憂心忡忡地問：「什麼困難呢？皇后陛下，快告訴我！」

她嚴肅地注視着我，說道：「騎士，這次形勢比以往更嚴峻，因此我懇請你留在*夢想國*，和我們多住一段時間……」

我頓時猶豫不決。儘管我曾許諾會盡力幫助大

家……

可另一方面，我知道多愁正在老鼠島上等著我呢，我可記得她揮起**手袋**砸我的腦袋！我摸了摸頭（現在我還在腦震盪！）開始思索……

這時，我的**思緒**被梅麗薩公主的話打斷了。她焦慮地拉住我的襯衫，問：「騎士，你會留下來的，對吧？」

我**嘟囔**著說：「其實，我是想留下，可那個舞會、青蛙王子裝……我是說，多愁……」

其實，我是想留下，可那個舞會……青蛙王子裝……我是說，多愁……

梅麗薩好奇地追問：「多愁？真特別的名字！她一定很可愛吧！她是你的**女朋友**嗎？」

我趕忙解釋：「不不不，應該說是好朋友！至於她的性格嘛，還算可愛，可一點也不溫柔……確切地形容說……她的**個性很強勢**呢！」

芙勒迪娜在一旁輕輕歎了口氣，只有我察覺到她的傷感。

「既然如此，沒關係，騎士，你還是回家吧。你已經為我和夢想國付出了很多……」

梅麗薩在我耳邊低語：「不，騎士，我求求你，留下來吧！既然皇后親自懇求你留下來，一定發生了很嚴重，應該說極為嚴重的大麻煩！」

芙勒迪娜依然強顏歡笑：「我們不耽誤你了，騎士，如果你需要，我可以讓你現在馬上回家去。」

她**揮舞魔法棒**，準備施展魔法讓我瞬間返回老鼠島上妙鼠城的家中。

就在此時，我看到一顆豆大的**淚珠**從她臉頰上滑落。她的眼淚真讓我心痛……

沒有誰能抵擋仙女之淚……

只見她正揮舞着魔法棒唸唸有詞，我趕忙攔住她：「等等！」

我馬上説道：「皇后陛下，我改變主意了！我決定留在**夢想國**，幫助你們解決遇到的難題！」

等等！

147

　　梅麗薩尖叫起來：「哦，騎士終於願意留下來了，太好啦！」

　　芙勒迪娜的一雙明眸直視着我的眼睛，眼神中充滿了感激：「我簡直不知該如何感謝你，騎士！我知道和你在一起，毋須客套……」

　　她將手放在胸口，微笑着說：「我們的心連在一起，以同樣的頻率跳動，正如所有的朋友一樣，希望對方幸福！」

我們的心連在一起……

友誼友誼友誼友誼友誼友誼友誼

……正如所有的朋友一樣，
關懷彼此，希望對方幸福！

巨人魔的邪惡計劃

我擔憂地問：「現在，皇后陛下，請你告訴我，有什麼需要我效勞？」

芙勒迪娜手裏捧着一個**鐵匣子**，語氣沉重地說：「騎士，夢想國中法力最強大、也是最邪惡的魔法師——巨人魔，他正試圖搶走夢想國中最稀有的珍寶，來**增強他的法力**！」

我焦急地問：「皇后陛下，和我説説那巨人魔究竟是何方神聖，我該如何對付他……」

她向我解釋：「我們對這位**神秘的邪惡魔法師**幾乎一無所知……我們只知道他居住在**巨人國**旁邊，生性邪惡，體形極為高大：也正因為這個原因，大家才稱呼他為『巨人魔』！甚至連巨人也不及他高大、也不及他壯！現在他給我下戰書，公

巨人魔的黑匣子

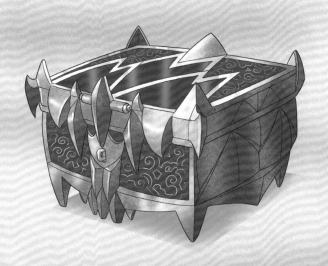

　　這個匣子的來歷可以追溯到很久以前：很久以前，它是由黑精靈部落為邪惡女巫維米拉所打造的保險箱。起初，維米拉把它珍藏在恐懼堡。後來，為了攏絡盟友，女巫把它轉送給她的好友和軍師──夢想國的大魔法師巨人魔。當時，女巫派人在匣子上刻上巨人魔姓名的首個字母，然後把它送給巨人魔，以示他們之間的友情。

　　巨人魔利用這個邪惡之物來恐嚇夢想國，他親自寫了一封信，把它放在這個黑匣子裏轉交給芙勒迪娜。巨人魔除了在信中宣告他的野心，更明目張膽地預告他將要對夢想國發動可怕的行動。

然向我**宣戰**，說要奪走我的王位，成為夢想國的新任統治者！你看看吧……」

說罷，芙勒迪娜皇后打開小匣子，匣子上面刻着巨人魔名字的首個字母，裏面收藏着一枚**灰色的羊皮紙卷**，紙卷上散發出濃烈的煙味。我讀完羊皮紙卷上的文字，不禁大驚失色！咕吱吱！這真是前所未有的挑戰呢！

我單膝跪在芙勒迪娜面前，直到鬍鬚觸到地板，問道：「皇后陛下，請你告訴我，我能為你做些什麼？你是否希望我前往夢想國境內的各個國度守護所有珍寶，並把巨人國的**邪惡計劃**公諸於世？」

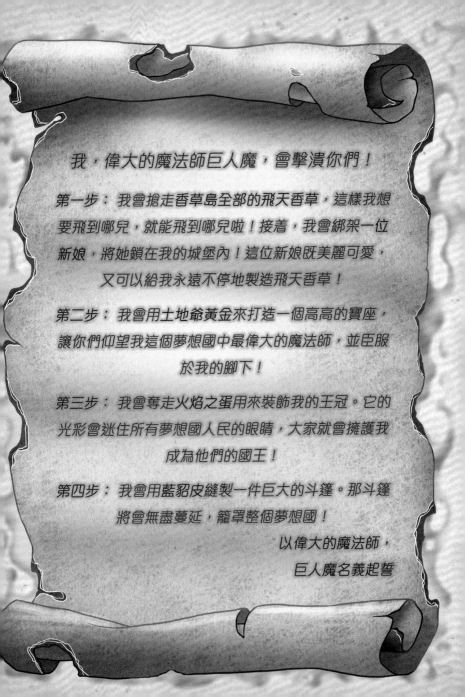

我，偉大的魔法師巨人魔，會擊潰你們！

第一步：我會搶走香草島全部的飛天香草，這樣我想要飛到哪兒，就能飛到哪兒啦！接着，我會綁架一位新娘，將她鎖在我的城堡內！這位新娘既美麗可愛，又可以給我永遠不停地製造飛天香草！

第二步：我會用土地爺黃金來打造一個高高的寶座，讓你們仰望我這個夢想國中最偉大的魔法師，並臣服於我的腳下！

第三步：我會奪走火焰之蛋用來裝飾我的王冠。它的光彩會迷住所有夢想國人民的眼睛，大家就會擁護我成為他們的國王！

第四步：我會用藍貂皮縫製一件巨大的斗篷。那斗篷將會無盡蔓延，籠罩整個夢想國！

以偉大的魔法師，

巨人魔名義起誓

魔法師

米亞魯梦国

可愛的

巨人魔

蜻蜓黃金馬車

芙勒迪娜皇后注視着我的眼睛，鄭重地說：「是的，騎士，這正是我的期望。我拜託你立刻通知大家保持警惕，**巨人魔**隨時可能發動進攻！」

我喃喃地回答：「遵命，皇后陛下。我會儘快出發，不過……請允許我問個問題：巨人魔在信中提到要搶走的**新娘**到底是誰呢？」

芙勒迪娜抱住梅麗薩，激動地說：「你還沒明白嗎？她就是我的好友**梅麗薩**，巨人魔指使**海盜們**綁架了她。多虧了你，騎士，你成

騎士救了我！

我知道，親愛的，他也救了我很多次！

功把她拯救出來⋯⋯現在你明白來龍去脈了吧？你已經阻止了巨人魔第一步的計劃！」

芙勒迪娜繼續說：「騎士，你需要馬上出發！這是你的鎧甲！穿上它吧！」

她向我說明：「我會吩咐**七位蜻蜓公主**來協助你！她們會齊心協力駕駛蜻蜓馬車，護送你前往夢想國的任何地方。」

芙勒迪娜拍拍手，七位美麗的蜻蜓公主就應聲飛進大廳，齊聲歌唱：

「**嗡嗡！嗡嗡嗡嗡！嗡嗡嗡！**

我們在這裏，我們團結在一起，我們蜻蜓來協助你！

嗡嗡嗡嗡嗡嗡嗡！」

隨後，她們圍着我撲閃着翅膀，轉圈飛來飛去。

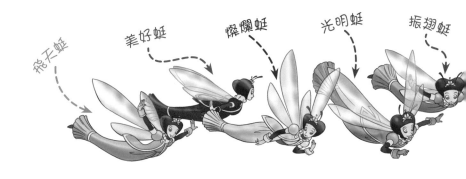

飛天蜓　美好蜓　燦爛蜓　光明蜓　振翅蜓

此時，我突然聽到賴嘰嘰一聲大叫：「快快讓開，**蜻蜓黃金馬車**駕到！」

只見他身後拖着一輛我所見到的最奇異的馬車！

賴嘰嘰旁邊還站着兩個滑稽的小傢伙，我一眼就認出他們了……一個是在我夢想國旅行時遇到過的空中服務員，**膿小包小姐**。另外一個則是負責在旅行途中為乘客奏樂助興的**遊吟蝠**！

我們起程吧！

閃耀蜓

思索蜓

賴嘰嘰將**韁繩**掛在七位
蜻蜓公主的身上，隨後將我推
上馬車。

「**出發啦啦啦啦**！騎士你
準備好了嗎？我們在旅途中或會遇上氣流，將會忽
上忽**下**，非常顛簸。車子會搖晃，那就像**跳舞**一
樣上躥下跳！」

七位蜻蜓公主

　　她們統治着蜻蜒國。蜻蜒們居住在水晶宮旁的泥濘街區裏。她們善於駕駛蜻蜒黃金馬車，隨時準備好護送芙勒迪娜皇后前往夢想國任何地方。

蜻蜓黃金馬車

　　蜻蜓黃金馬車屬於蜻蜓國民所有。它是由夢想國最知名的珠寶匠──光輝伯花上畢生心血精心打造而成的，匠心獨運：整個馬車的車身發出璀璨的光芒，宛如一塊巨大的寶石。

在蜻蜓黃金馬車出發前，芙勒迪娜遞給我一枚珍貴的**戒指**，上面用夢想語*刻着芙勒迪娜名字的首字母。

她囑咐我說：「騎士，戴上這枚戒指吧，夢想國子民都認識它：上面刻着夢想國皇后的**紋章**。它會讓大家知道：是我授命你進行任務，展開此次旅程！」

我把戒指妥善保管在鎧甲內，隨後馬車緩緩啟程……就這樣，我們徑直向**土地公國**駛去，前往通知他們即要面臨巨大的危險。

---

* 你能讀懂上面寫了什麼嗎？請參照第 325 頁的夢想語詞典。

土地爺黃金

　　我們坐在這輛獨一無二、精雕細琢、華麗絕倫
的蜻蜓黃金馬車內，由七位蜻蜓公主合力拉
動，在空中整整飛行了七天七夜。

七位蜻蜓公主放聲歌唱：

「嗡嗡嗡嗡嗡嗡嗡，

我們七公主，會飛的蜻蜓。

我們七姊妹，來自一家庭！

外形雖不同，卻都很精靈！

我們身上有七色，

我們的心相融合。

我們在空中齊飛行，

就是道最美的風景！

嗡嗡嗡嗡嗡嗡嗡……

我可不想摔成鼠肉醬！

這次旅行十分奇妙，但也十分漫長……我的耳邊一直縈繞着膿小包的嘮叨聲，以及**遊吟蝠**五音不全的歌聲，這些噪音吵得我**頭昏腦脹**！

膿小包遞給我一杯蒼蠅果汁：
「騎士，來一杯吧，請品嘗，這杯果汁
非常美味啊！為了突出它的香醇風味，
我特地加了一把紅果蠅，還有一小撮
蠍子尿尿，可以幫助消化！」

因為暈車，我的臉色已經像蜥蜴一樣綠，現在
又聞到那杯果汁難聞的蒼蠅味道，我的胃裏頓時開
始翻江倒海！

嘔嘔嘔嘔嘔！

馬車就像超音速般向前飛馳，遊吟蝠吵得我頭
痛欲裂了。他在我耳邊用憂鬱的調子吟唱着
一首葬禮進行曲：「噠！噠！噠！噠
噠又噠噠！墳墓就在眼前……噠噠
噠……誰也躲不過這終點……至少我
們還能好好選個氣派的墓碑……
噠噠噠噠噠噠！」

第八天黎明時分，我們下方呈出現一片壯麗的景色：**綠色的草地**延綿起伏，一望無際，金黃色的麥穗隨風搖曳。七位蜻蜓公主減慢飛行速度，緩緩飛到草坪中央圓圓的丘陵上。

賴嘰嘰高聲說：「這裏是麥穗丘陵，土地爺公國的秘密入口就在這裏！」

我好奇問道：「既然是**秘密入口**，我們怎樣找到它呢？」

他打了一下響指，說：「騎士！我斯咕嚕·賴嘰嘰，對夢想國**瞭如指掌**啊！」

隨後，他又得意地打着響指：「**噠，噠，噠！**」

「所以芙勒迪娜皇后才會將重任託付於我：只有我在，你才能在這次驚險的旅程中活下來，現在你知道了吧，這次旅行將會**危機四伏！**」

賴嘰嘰在外套的口袋裏摸來摸去，掏出一張**地圖**，他向我解說此次旅行的路線規劃。

「仔細看看這張地圖，上面標記了所有我們將

會遇到的各種危險，包括：恐怖的山怪、喜歡吃鮮肉（特別是老鼠肉）的惡毒**女巫**、布滿**幽靈惡鬼**的城堡、惡臭難當的**食肉魔**、無頭騎士、還有會吞食旅行者的**妖怪**⋯⋯」

我可不想 摔成鼠肉醬！

這時，蜻蜓們指了指麥穗丘陵上的一口**井**。

賴嘰嘰嘿嘿一笑，說：「沒錯，這口井正是**秘密入口**，徑直通往土地公國（如果我們能到達那裏的話）。」

哦，從高處看去，那井口多麼狹小！

我們究竟能否從高空墜下在入口的**正中**穿進去？

也許我們會撞到石頭上**砸**成肉醬！

而我將會變成一坨**鼠肉醬**！

我的腦海中隨即浮現出這個慘烈的畫面：

咚！啪嗒！

我對賴嘰嘰尖聲大叫起來：「快快讓蜻蜓減速，我可不想變成一坨**鼠肉醬醬醬醬**！」

真可

174

賴嘰嘰捂住耳朵大叫：「騎士，我假裝沒聽見你剛才説的話，否則你這面子往哪兒放啊！你究竟是不是**正直無畏的騎士**呀？」

我只好承認：「呃，這個嘛，其實，大家是這樣叫我的……也許我……可是……其實……」

賴嘰嘰趕忙又捂住耳朵：「總之總之，如果一加一等於二而二加二等於四而三加三等於六（或者七？什麼！我可不喜歡**數學**），那麼『無畏』的意思應該就是『沒有恐懼』！所以，你可以盡情**釋放你的恐懼**，可我會裝作什麼也沒聽見，這樣才能保住你英雄的名聲！」

我試圖移開賴嘰嘰捂住耳朵的手指，説：「不不不，賴嘰嘰，我希望你認真聽我的話，並立刻行動起來！

我不想變成鼠肉醬！」

176

賴嘰嘰捂住耳朵唱起歌來：

「我不聽，我不聽，我什麼都沒聽到……
剛才的聲音一定是風兒在吹口哨……
如果你碰到危險就滿腹牢騷，
我不聽，我不聽，我什麼都沒聽到……
呱呱，呱呱，呱呱！」

就在這一瞬間，蜻蜓們駕駛馬車**徑直徑直徑直**從祕密入口的小黑洞裏穿進去。

咕吱吱，我們成功了！

177

在這個深深的洞裏，設置了一個「土地公之眼」，它的外型是一顆大眼睛，可以讓土地公園的侍衛監察外來客。

漏斗大廳

這個大廳位於土地公國的入口處，因為形狀就像漏斗而得名。大廳內安裝了一個擴音喇叭，訪客可以用它來與土地爺的侍衛溝通，如果你沒有得到回答，那麼很可能他是正在……上廁所。吃來點或是正在前往廁所的路上！

你們這些狡猾鬼，
快快老實交代，嘿喲嘿！

我擔心我們的馬車會一頭墜落到地上，幸好結果我們掉進了一大堆**軟綿綿的軟枕山**上！

幸好有軟枕接住！

好柔軟啊！

我不安地四處張望，只見房間呈圓形，地板上堆滿了**各種顏色的軟枕**，牆壁上掛着一張紅色刺繡的被子！

突然，我們聽見一把小聲音：「**注意！我是土地爺侍衞！**喂，你們這些狡猾鬼，快快老實交代，你們姓什名誰，來自何方！快說，休得隱瞞，我還有其他要緊的事情要做呢，**嘿喲嘿！**」

那聲音來自一個銅製的**漏斗**狀物體，上面連接着一個眼睛形狀的鏡片，形狀十分奇特。

我疑惑地嘟囔着說：「呃，我，是說……它是在和我們說話？」

那聲音不耐煩地嚷嚷說：「**嘿喲嘿**，那還能是和誰說話？我當然是在和你們——一隻**老鼠**和一

隻癩蛤蟆說話。你們知道嗎？現在我連你們的毛孔都看得清清楚楚！快快報上名來，你們到底來自何方，*哼哼哼*！

對了，我還要知道這些蜻蜓、還有這隻蝙蝠、這條變色龍都是從哪兒冒出來的，你們之間是什麼關係，*嘿喲嘿！*」

快說快說快說！

唉喲！

我自我介紹說：「呃，我是正直無畏的騎士，受**芙勒迪娜皇后**之託進行這次秘密任務。這些都是我的同伴：文學蛙斯咕嚕・賴嘰嘰先生、遊吟蝠先生、膿小包小姐，以及蜻蜓……」

我話還沒說完，那道聲音就激動地說：「**啊啊啊？**你就是正直無畏的騎士？你們受芙勒迪娜皇后之託？我們已經恭候多時啦！

我這就來為各位開門！」

不一會兒，牆壁上一個小門開啟了……一個全身**金光燦燦的矮人**——土地爺笑呵呵地探出頭來。

他長得圓滾滾，他那濃密的眉毛，長長的鬍子……甚至全身都是金子做的！

他穿着一件紅色外套，腳上套着滑稽的藍白條紋長筒襪，頭上戴着一頂紅色尖頂帽。

他向我們奔過來：「騎士，請原諒我從未**見過**你，不過在我想像中，你應該更壯健，更魁梧，無所畏懼，可實際上你看上去就是個老鼠……還一副**傻瓜相**！不過這不重要，重要的是你總算來了。我以**土地公國**的名義歡迎你，來吧來吧來吧！」

　　賴嘰嘰哈哈大笑：「哈哈哈，騎士，你看我說得有道理吧？就連土地爺都說你一副**傻瓜相**！」

　　我開始擔心起來。

　　難道說真的……

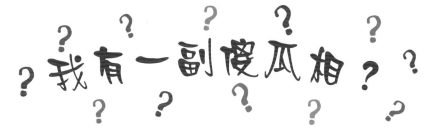

土地公國人民

金腦爺

土地公國國王
他由王國人民推選出來，大家對他極為信任。

玫瑰仙

土地公國皇后
大家尋求意見時，都會詢問她。

金醫師

土地公國醫生
他熟知所有植物的藥性，會利用草藥治癒病患。

金樂師

土地公國音樂家
他熱愛拉奏小提琴，來為森林中的動物和伙伴們助興！

金大廚和花廚娘

土地公國廚師
金大廚用自然的方式烹調蔬菜和水果，而金廚娘負責釀製美味的玫瑰果醬。

金鑽師

土地公國珠寶匠

他為全王國的人打造黃金珠寶。

花香妹

土地公國園丁

她能夠和植物對話，熟知讓植物茁壯生長的秘訣！

金木伯

土地公國木匠

他喜歡做木工活，喜歡雕刻物件。

圖書伯

土地公國學者

他最喜歡抒寫關於大自然的詩歌。

文藝姐

土地公國藝術家

她繪製五彩繽紛的畫，表達大自然的美麗。

土地爺侍衛

他的外表看來很嚴肅，其實有一顆黃金一般堅定純真的心。他肩負嚴格審查外來客的重任，捍衛王國的安全。

巧手娃

土地公國裁縫

她為大家縫製巧奪天工的華麗服飾。

多多麗的小鞋子

　　我讓遊吟蝠、膿小包和蜻蜓們留在大廳內，自己率先跟隨土地爺侍衞鑽進一扇小門。

　　土地爺侍衞扯着嗓子宣布：「**騎士來了，嘿喲嘿！**」

　　頓時，有許許多多小矮人向我湧來，有**男矮人**和**女矮人**、**年輕的矮人**和**年老的矮**

萬歲！

歡迎！

歡迎！

人、**身材高大的矮人**和**身材嬌小的矮人**，他們異口同聲地尖叫：「歡迎！」

隨後，小矮人們引我走過黑暗泥濘的隧道，鑽進一個

巨大的……

應該說十分巨大的……

地下洞穴！

在這個洞穴的岩石壁上，開鑿了許多小門和窗戶，裏面透出不少燈火，原來這就是土地公國人民居住的家！

來呀來呀來呀！

騎士萬歲！　　　歡迎！　　　萬歲！

191

多多麗的 小鞋子

　　我們來到儀式大廳，只見一對戴着王冠的矮人坐在金碧輝煌的寶座上。國王的手中握着一把小小的、精緻的金錘子，象徵着矮人在地下辛勤工作。

　　而皇后則手握着一根金針，象徵着矮人們重視的家務勞動，她此刻正在用針線繡着一雙嬰兒鞋，這是為她的小姪女——可愛的小嬰兒多多麗縫製的！

　　多多麗正躺在一個微型搖籃裏酣睡，周圍站着疼愛她的許多兄弟和姐妹，而皇后伸手輕輕搖着搖籃。

　　我剛要給土地公國國王和皇后出示芙勒迪娜那戒子上的紋章，國王搖搖頭說。

　　「我們不需要看紋章，正直無畏的騎士，我們對你的英雄事跡早有所聞，我們歡迎你前來！我是金腦爺，這位是我太太玫瑰仙，我們是土地公國的國王和皇后！」

金腦爺和玫瑰仙，
土地公國的國王和皇后

國王詢問我：「騎士，請告訴我，是什麼風把你吹過來啦？」

我歎了口氣：「我此行的**任務**是受芙勒迪娜皇后所託而來。她要我來提醒你們：土地公國族人辛苦在礦場上勞動所獲得的財富——土地爺黃金，已經被壞蛋**盯上**啦！」

大家驚呼道：「什麼麼麼麼？」

賴嘰嘰解釋說：「沒錯，巨人魔正準備奪走這些珍寶！他，他他他，就是他！」

國王和皇后笑着搖搖頭：「騎士，謝謝你遠道而來提醒我們，土地爺**黃金**可十分安全呢。請你跟我們來，讓我們帶你去看看吧！」

賴嘰嘰和我跟在他們身後，鑽進了幽深的隧道，不斷向下向下向下走……

直到我們抵達傳說中神秘的**土地爺金礦**大門入口處！

土地爺寶藏

從大門口望去，裏面是一條**狹長的石頭隧道**，隧道的兩側蘊藏着許多閃閃生輝的

璀璨金塊。

國王拾起一塊金塊，微笑着對我說：「這就是我們的金礦：正如你所見，土地公國的地下，蘊藏着純度極高的**黃金寶藏**！」

我們跟隨他進入狹長、泥濘又黑暗的隧道，隧道壁上隨處可見閃閃發亮的金塊。

隧道中擠滿了小矮人，他們在熱火朝天地勞動，**揮舞**着鋤頭，一邊工作一邊齊聲歌唱……

土地爺之歌

嘿喲嘿嘿喲嘿快勞動，
勝利就在前方等待！
無論任何季節和天氣，
我們也每天努力勞動去。
如果你和朋友們一起勞動，
看吧，你會工作得很快樂！
如果你一邊勞動一邊唱歌，
疲勞就會從身上溜走嘍！
如果你勞動時心有愛，
你就會越幹越有神采！
嘿喲嘿嘿喲嘿快，
勝利就在前方等待！

1. 土地公之眼和漏斗大廳
2. 金礦入口
3. 主要隧道
4. 次要隧道
5. 金礦內的運輸車
6. 運輸車的軌道
7. 負責開採的矮人
8. 休息中的矮人
9. 在打盹的矮人
10. 為金塊稱重的矮人
11. 寶藏礦洞
12. 運送金塊進入礦洞的矮人
13. 十字鎬大廳
14. 矮人之家

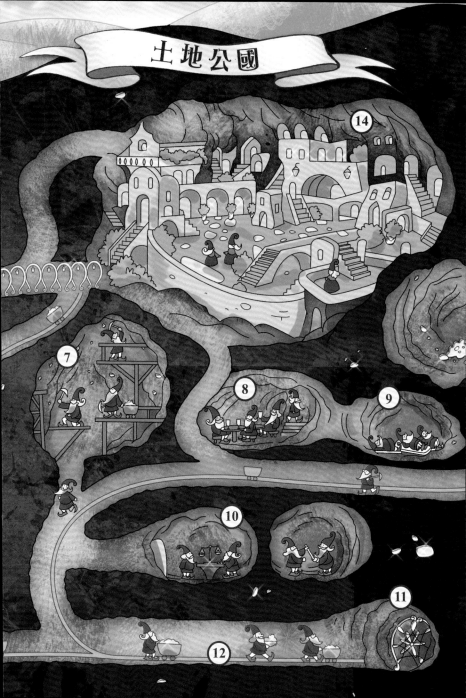

土地公國

國王轉進左邊一條狹窄的通道，我們來到通道盡頭，看見一個讓人驚歎的景象。

　　只見我們面前出現了一道巨大的黃金柵欄，在面黑黝黝的洞穴裏，堆滿了大量金光燦燦的金塊！

什麼什麼什麼？

在寶藏礦洞口前，他們設置了一道堅固的**金柵欄**，每道柵欄粗厚結實仿如老鼠的拳頭一般，它穩固地深嵌在岩石中，而中央掛着**七把金鎖**。

國王指了指柵欄，說：「騎士，你看到這柵欄門有多結實了吧？你看到那七把金鎖了嗎？（足足有**七把！**）現在你明白為什麼我們根本不怕有盜賊了吧？我們**肯定，沒有誰**可以盜走土地爺黃金！嘿喲嘿！」

皇后也附和說：「的確如此！嘿喲嘿！」

賴嘰嘰感歎道：「以我池塘裏所有的泥巴的名義發誓，你們的黃金可真是多不勝數，堆積如山啊！」

這時，蜻蜓們已趕到岩洞內和我們會合，她們齊聲讚歎：「光芒四射射射！」

突然，我感覺到有點不對勁，我抽着鼻子聞聞空氣：「難道你們沒聞到海藻和魚骨頭的臭味嗎？而且還有一種油漆未乾的味道？」

我伸出一隻手爪，摸了摸柵欄門……赫然感覺觸摸到一幅剛剛完成的油畫畫布！

而我的手爪上還沾了畫上的金粉！

好奇怪的氣味！

① 怎麼有種奇怪的臭味……

什麼？

② 我摸摸柵欄門……竟觸摸到一幅畫布！

這居然是一幅畫！

③ 我的手爪上還沾上了金粉！

203

我大叫道：「**這是假的，是畫上去的，這是一幅畫啊！**」

國王大喊：「什麼什麼什麼？啊啊啊啊？你到底在說什麼？以一千把十字鎬的名義發誓，這裏究竟發生了什麼事？嘿喲嘿！」

我伸出手去，撕開了畫布……只見畫布的另一邊，所有的黃金都不見了：岩洞裏**空空如也**！

盜賊居然把整個岩洞內所有所有所有的黃金都搬走了！

但是，他們究竟是如何得手的呢？

我們上下張望，總算明白了……不知道誰在天花板上鑽出一個大洞……**盜賊**正是通過這個大洞進入金礦內，隨後打開柵欄門，運走了所有的寶藏，把洞內洗劫一空，然後從**大洞**逃走！

頃刻間，國王就像根木頭一樣直挺挺地暈過去了，皇后慌忙給他按壓胸口急救。

「我們該如何和子民們交代： 寶藏被盜走了啊？ 嘿喲嘿，我們的命太苦了！」

皇后悲憤地說。

賴嘰嘰打了個響指：**啪噠！** 然後，他說道：「我早就有不好的預感，我們癩蛤蟆對這種事的第六感十分準確……」

他鬱悶地從懷裏掏出一塊小黑板，上面列着我們此行需要守護的珍寶，並在第一個珍寶旁邊打了個 **X**。

我則試圖安慰皇后：「別擔心，我們會想辦法追回你們的黃金。

我向你們保證， 以我小老鼠的名義發誓！」

就在此時，我留意到地上的角落裏有一攤東西：**一堆海藻**和**一根魚骨頭**……原來那古怪的臭味就是從這裏散發出來的！

海藻和魚骨頭……

嗯……

我大聲宣布：「我知道是誰偷了你們的寶藏：

海盜大黑鼠一夥！」

我們離開土地爺金礦後，決定立刻啟程：時間
緊迫，一刻也不能耽誤了！

我們必須立刻阻止**巨人魔**（以及他的同夥大
黑鼠）奪走其他珍寶，來實行他們的邪惡計劃！

207

就這樣，我們滿懷悲傷，離開土地公國。

我們再次坐上七位蜻蜓公主拉的黃金馬車，繼續展開我們的旅程。

然而，膿小包小姐和遊吟蝠已離開了，因為芙勒迪娜召喚了他們回去水晶宮。接下來，我在旅途路上總算可以清靜了！

我們必須離開了！

很抱歉！

再見！

　　賴嘰嘰指了指地平線，說：「騎士，你準備好繼續展開我們的旅程了嗎？我們將要前往**眩暈峯**，**巨龍伏雷潘**住在那兒，守護着躺在銅絲巢穴裏的**火焰之蛋**。」

嗡嗡嗡嗡嗡！嗡嗡嗡嗡嗡！

嗡嗡嗡嗡嗡！嗡嗡嗡嗡嗡！

嗡嗡嗡嗡嗡！嗡嗡嗡嗡嗡！

嗡嗡嗡嗡嗡！嗡嗡嗡嗡嗡！

真悲傷啊！

　　賴嘰嘰繼續說：「你最好加把勁：可別再讓珍寶在你鼻子下被盜走了，明白嗎？這次可**不能有任何閃失了**！騎士……你準備好了嗎嗎嗎？總之，你要趕快準備就緒，因為前方還有各種**險阻**在等着我們呢……以癩蛤蟆的名義發誓！」

　　可我並沒有回答他。

　　我經歷了各種情緒起伏，蜷縮在蜻蜓黃金馬車裏**睡着**了，而**七位蜻蜓公主**們則駕馭着馬車向眩暈峯駛去。

火焰之蛋

眩暈峯之巢

在飛行旅途中，正如我跟你們所說，我很快就睡着了，應該說是呼呼大睡⋯⋯甚至鼾聲大作！

呼 嚕⋯⋯呼 嚕⋯⋯

我耳邊突然傳來賴嘰嘰的尖叫：「醒醒醒醒快醒醒！騎士騎士騎士士士士！快看那兒兒兒兒！」

快醒醒！

哇啊！

我猛地驚醒，尖叫起來：「啊啊啊？出什麼事了？誰在那裏？我在哪裏？咕吱吱！」

賴嘰嘰把手伸到我鼻子下面，打起響指：

啪噠！　啪噠！　啪噠！

「騎士，你居然睡起大覺了？快醒醒醒醒！你已經讓小偷們在我們眼皮底下盜走了土地公國黃金，這次不要再這麼**大意**了，否則你將成為大家的**笑柄**！」

為了躲避賴嘰嘰的嘮叨，我把視線移到車窗外。

只見外面已經到了正午時分，**烈日炎炎**⋯⋯

太陽照耀在山頂，就像個**熾熱的火球**⋯⋯

在遙遠的地平線，天與地的融合之處，我看到綿延起伏的紅色巨石，它們看起來彷彿似是**燃燒的火焰**⋯⋯

在這些巨石中，豎立着一座高聳入雲、螺旋狀向上的山峯，山頂上有一個銅絲搭成的巢穴，在太陽下閃閃發光⋯⋯

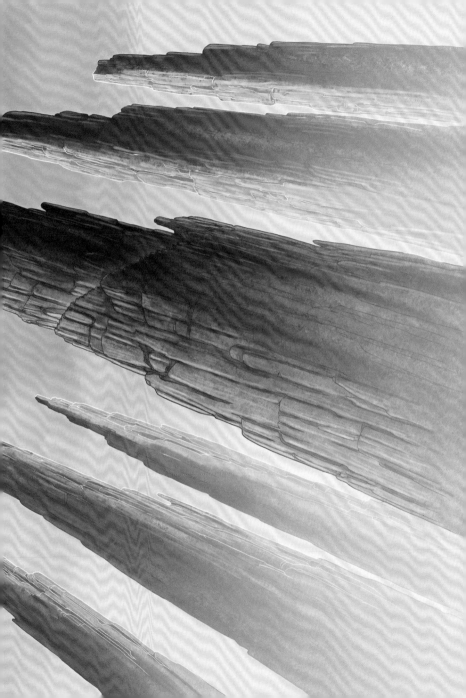

蜻蜓黃金馬車降落在眩暈峯腳下，賴嘰嘰把他隨身攜帶的《夢想國旅行指南》*（這是賴嘰嘰他花盡心思整理的傳奇著作！）打開到其中一頁，然後伸到我鼻子下面，指給我看……

眩暈峯，
在七頭巨龍——伏雷潘的
管轄境內！

*想知道更多嗎？你可以看我的另一本著作《奇鼠歷險記大長篇1：勇士回歸》！

眩暈峯

　　眩暈峯坐落在七頭巨龍——伏雷潘的管轄國內。在峯頂上有一個以銅絲搭成的巨大巢穴，巨龍把火焰之蛋藏在此地。

注意：巨龍每次只容許一個生物接近這個巢穴。

七頭之龍——伏雷潘

　　我恐慌地望着**眩暈峯**，賴嘰嘰一臉嚴肅地握握我的手爪，說：「騎士，**祝你好運**（如果你需要運氣的話）。萬一你不能回來，我想說我很高興認識你（大多數時候），不管怎樣（即使你變成了巨龍的大餐），希望我們還能再見（但願吧！）不過別擔心，我會給你選個漂亮的**墓碑**，為你舉辦一個體面的**葬禮**（如果巨龍吃完了還能剩點**骨頭**的話，我猜他只要吃肉就行了）……你先告訴我，你有寫下了**遺囑**，對嗎？」

　　我嚇得臉色**慘白**，嘟囔着說：「啊啊啊？什麼什麼什麼？怎麼突然說到墓碑……

葬禮……遺囑？」

賴嘰嘰打了個響指，對我說：「騎士，也許有些事你還沒弄清楚吧？」

他掏出一個**放大鏡**，指給我看《夢想國旅行指南》上的一行小字：「**巨龍每次只容許一個生物接近這個巢穴。**」

賴嘰嘰總結說：「就是這樣，很抱歉，無論我還是蜻蜓公主們，都無法陪你同去……」

他從身後推了我一把，「快走吧，騎士，我猜你一定迫不及待要迎接挑戰了。快鼓起勇氣來，希

嗡嗡嗡嗡嗡！

祝你好運！

快走吧！

望你這次不要像之前一樣**失誤**啦。」

蜻蜓公主們眼含熱淚地與我告別：「**嗡嗡嗡嗡嗡嗡嗡**，騎士，我們很希望陪你一同前往，可惜巨龍不允許……」

我抬起頭，再一次注視着高高的山峯。我恐懼得全身的毛髮都豎了起來……

唉喲喲喲，
我這下可慘了！

於是，我開始攀登峭壁，沿着一級級石階向上爬，這一條**陡峭的石階**

啊，我真命苦啊！我非常**恐懼**，以至爬到一半時不得不停下來！我拼命抓住石縫，臉色變得蒼白得像**一塊莫澤雷勒乳酪**……咕吱吱，嚇死我啦！

賴嘰嘰在我下方朝我頻頻揮手，一邊打着響指。

啪噠！啪噠！啪噠！

「騎士，你在幹什麼呀，你可別想**半途而廢**啊？你説假如芙勒迪娜皇后知道，她會怎麼想？」

嚇死我了！

我總算爬到峯頂，進入那個以銅絲搭成的巢穴中。那些銅絲在太陽下閃閃發光，巢穴當中躺着一枚巨大的蛋，原來這就是傳說中的……

　　我着迷地伸出手爪想去摸摸它，就在此時我頭頂上的陽光消失了。

　　難道是烏雲**遮蓋**了太陽？

　　我真命苦啊，原來這並不是烏雲……

　　而是七頭巨龍伏雷潘，他在天空中來回盤旋，仿如一條**巨蟒**！

　　他看到我靠近蛋，伸出七個腦袋，同時朝我咆哮：

「嗷嗷嗷嗷嗷嗷嗷！

　　然後，他徑直朝我俯衝下來，張開七個嘴巴，吐出七個可怕的火焰！

嗷嗷嗷嗷嗷嗷嗷！

　　當巨龍向我逼近時，我仔細觀察他：他體形龐大，全身**火紅**，身體強壯，肌肉上長滿紅寶石般閃閃發亮的鱗片。

　　他的背後長着火紅的翅膀，**腳爪**就如刀片般**鋒利**。

　　他長有七個大腦袋和七張血盆大口，牙齒尖利：他用**十四隻眼睛**像會透視般上下打量着我……

火焰巨龍的故事

　　伏雷潘屬於七頭巨龍家族。他性情暴躁，十分易怒，一言不合就會噴出烈焰。正因為他性格讓大家懼怕，他才會被選中負責守護七頭巨龍家族的寶物：火焰之蛋！因為再也沒有比他更合適的人選啦！一旦這隻蛋落入邪惡之手，它不但將會被摧毀，而整個七頭巨龍家族也會遭遇滅門之災。

這時，巨龍撲向巢穴，在蛋上掩護着，用爪子緊緊攫住它。他張開七張大嘴，露出**尖利的牙齒**。隨後，一把深沉**粗獷**的聲音響起，說：「你怎麼膽敢來到此地？莫非你是個盜賊？嗷嗷嗷嗷嗷嗷嗷，若是你來打火焰之蛋的主意，我定會讓你死無葬身之地！」

我結結巴巴地試圖解釋說：「呃，我是**正直無畏的騎士**，而且請允許我向你澄清……火焰巨龍先生，我是說伏雷潘先生，我可不是什麼**盜賊！**相反，我正是前來警告你夢想國有**海盜**出沒……他們駕駛着一艘會飛的帆船，試圖來奪走火焰之蛋！也許你不相信我……咕吱吱，從你的表情上我就看出來了，呃……

看來我要倒大霉了，以一千塊澤雷勒乳酪的名義發誓，咕吱吱……」

巨龍伸着**七個腦袋**，惡狠狠地用十四隻眼睛瞪着我看，他的十四隻鼻孔則呼呼地噴氣。

他繼續吐出一連串句子質問我：「你就是那位傳説中的騎士？可我怎能信你説的是事實？也許是又也許不是……為了不放過任何盜賊，我先一口吞了你不遲！」

他的牙齒像響板一樣吱嘎作響……哇，我好害怕！

我突然靈機一動，對他説：「等等，我可以給你看刻有**芙勒迪娜紋章**的戒指……」

巨龍吼道：「刻有皇后紋章的戒指？那可真是怪事……快快拿給我看，否則我就把你烤成鼠乾！」

我從鎧甲內掏出戒指遞給他，手爪**緊張**得直發抖。

巨龍仔細地審視着這枚戒指良久，最後總算下了結論：「算你好運，你説你就是那位騎士，現在我承認：你所説的事實！」

巨龍擔心地詢問我：「你是說**海盜們**快將來搶奪珍寶？而且他們會從空中降落？」

我點點頭。

巨龍**嘀咕**道：「我一直堅信，這兒是**最安全**之地！可是，如果他們從空中進攻，嗚嗚，我怕這隻蛋會落入**賊人**手上！」

把它交給我吧！

我沉思良久，建議他說：「伏雷潘先生，你是否同意我把這枚蛋帶回交給芙勒迪娜皇后？等到**危險**解除後，她再將蛋送還給你！」

巨龍凝視着蛋，落下**淚**來，對我說：「鳴鳴鳴，我真不想離開它……可我的內心在說話，我必須保護它！」

巨龍將蛋收進一個特製的**神奇匣子**，託付給我：「我將它託付給你，我的心和它在一起！」

這可不是一個好主意！

　　火焰巨龍送我回到山腳下，賴嘰嘰和蜻蜓公主們正在那兒等着我。

　　他們高聲叫好：「**做得好，騎士！**」

　　賴嘰嘰嘟囔道：「你這一趟旅程時間很長，騎士，我們快快出發吧。前方道路漫長，四處埋伏着**敵人！**」

如何取出火焰之蛋

　　火焰之蛋十分易碎，必須小心翼翼地保管。要將它從匣子內安全取出，就必須先戴上手套，並用特製的鉗子鉗住它，才可把它拿出來。

賴嘰嘰四處張望，憂心忡忡地說：「**呱，我聞到了一股霉味……**」

他跳上馬車，大聲呼喚蜻蜓公主：「我親愛的朋友們，我們在此地的任務已經完成，現在請你們立刻前往**藍貂之郡！**」

蜻蜓們載着我們向北方飛行。

天氣變得越發寒冷，風颳得越來越凜冽，我感覺自己從鬍子根到尾巴尖整個鼠**凍僵**結冰了。

我們飛了很久很久，直到太陽下山。

現在天空中掛着一輪圓月，哦，多麼壯麗的景色！

蜻蜓們在河岸邊堆滿石子的淺灘上降落了。賴嘰嘰宣布：「今晚我們就在這裏紮營休息吧！我們本應點燃**篝火**暖暖身子，可是我們並沒有隨身攜帶任何引火物！」

我們就在這裏休息！

231

哇啊，夜晚可真冷啊！

我的牙齒凍得直打架，便提議說：「我倒是有個主意，我們為什麼不用火焰之蛋暖暖身子？」

賴嘰嘰試圖阻止我：「不要啊，騎士，不要取出火焰之蛋，這太冒險了！我已經和你說過，**我聞到了一股霉味⋯⋯**」

我聳聳肩膀：「現在這裏只有我們幾個而已！你太疑神疑鬼了，賴嘰嘰，這一次我們行動萬無一失，你就放心吧！」

我還沒等賴嘰嘰回答，就奔到馬車邊，打開了**神奇的匣子**，裏面冒出一縷煙。

我戴上手套，用鉗子夾出火焰之蛋，小心翼翼地捧着它，只覺得它整個非常**灸熱**。

我把蛋放在我們面前的空地上。

賴嘰嘰又一次高聲叫嚷：「騎士，**我聞到了一股霉味！**」

可是，他的警告來得太遲了。

我把手爪放在火焰之蛋的前面烘着，說：「你們感受到它的熱能了吧，朋友們！」

蜻蜓們齊聲大叫：「嗡嗡嗡嗡……我們也聞到了**霉味**啊，騎士！」

就在此時，我感受到頭頂傳來一陣風……還有一股奇特的**臭味**……

我抬起視線，只見我的頭頂上方，正懸着大黑鼠的**黑帆船**！

黑帆船的帆被風鼓滿了，海盜船員們在甲板上上躥下跳，而大黑鼠扯着嗓子兇狠地叱喝着：「往這兒轉，不是往那兒轉，傻瓜蛋！

快衝啊，不然我把你們都扔到海裏餵鯊魚！」

一聽到鯊魚幾個字，我渾身的汗毛都豎了起來！太可怕了……

就在此時，我耳邊傳來金屬的碰撞聲：

只見一根比貓咪的尾巴還要粗的**大鐵鏈**從高處垂下來。那鐵鏈上面掛着一個**大鈎子**。你猜猜有誰站在上面？

那正是讓
我汗毛豎立的
大黑鼠·殘尾盜！

只見這個狡猾的海盜手爪裏握着一把**很大的鐵鉗**。他試圖用鉗子夾走火焰之蛋！

我拚命地用力夾着蛋，試圖逃走，可是他的力氣比我大得多！

大黑鼠·殘尾盜大吼道：「**休想逃，傻瓜臉！**」

哈哈哈！

235

我絕望地高喊道：

「不不不不不！！！」

可是一切已經太遲了。

大黑鼠爆發出一陣勝利的狂笑聲，從我手中**奪走**了蛋，隨後跑到船錨的鈎子上，像風一樣盪上黑帆船。

黑帆船揚起船帆，剎那間急速升上高空，向星辰駛去，我費了九牛二虎之力才獲得的火焰之蛋就這樣被邪惡的海盜搶走了！！！

236

这可不是一個 好主意！

我望着漸行漸遠的黑帆船，心裏充滿悲傷。

賴嘰嘰嚷嚷起來：「以一千隻蝌蚪的名義，我早就聞到了一股霉味，而且我也警告過你……可你根本沒聽進去！」

賴嘰嘰一臉陰沉地從馬車裏掏出小黑板，在第二件珍寶旁邊打了一個✗。

我早就警告過你！

嗚哇哇哇！

嗡嗡嗡！

238

這可不是一個　　　好主意！

　　賴嘰嘰失望地嘟囔：「兩件⋯⋯你又失去了一件珍寶，騎士。情況很糟，非常糟，十分糟！唉，以我癩蛤蟆的名義發誓，我本來對你有很高的期望，騎士！第二件珍寶，正正是在你鼻尖下被奪走的，你表現得像個新手⋯⋯⋯⋯就連我的蝌蚪姪子都比你聰明！你再也不是什麼正直無畏的騎士，

真是讓大家太失望了！」

　　我聽了一聲不吭：我感覺無顏面面對賴嘰嘰。芙勒迪娜如果知道了這一切，她會怎麼想呢？

　　幾位蜻蜓公主為了鼓勵我，張開翅膀宛如微風般輕撫我的肩膀：「騎士士士，別灰心心心！」

　　我撫摸着她們的翅膀，謝謝她們的好意。

　　我們坐上蜻蜓黃金馬車再次出發，飛往我們旅程的下一站⋯⋯

藍貂之郡！

第三件珍寶就收藏在那兒。那珍寶正是藍貂族價值連城，散發**藍光的毛皮**！

我心裏暗暗發誓：這一次我再也不能**丟臉**了！

藍貂之郡

恒冬之門

　　我們一路向**北**飛行，直到我們望見地平線上映出……

不可思議的景色！！！

　　在我們的身後，**南面**、**東面**和**西面**，大地依舊蒼翠青蔥、鮮花盛開，一輪紅日映在明澈的天空上。

　　可在我們前方，正北面，竟出現了一扇由**冰雪鑄造**的巨型大門，而大門後的景色卻是冰天雪地！

　　沒錯，越過那扇門背後，土地上結滿厚厚的冰，幾乎看不見任何綠色植物，天空上陰雲密布，**一片片雪花**從天而降……

簡單來說，在我們身邊的環境是**春天**，可是在我們前方的那扇門後，卻是**冬天**呢！

真是太不尋常了！蜻蜓們都驚訝地注視著這個不可思議，違反自然界常態的**景象**，放慢了飛行。

賴嘰嘰高聲說：「以一千隻蛤蟆的名義發誓，我們一定能順利通過去的！我認得這扇門，在《夢想國旅行指南》曾提到過它：那就是通向藍貂之郡的*恒冬之門*！在夢想國的許多神話傳說中，都有提到過這扇門的存在……」

然後，賴嘰嘰翻開**《夢想國旅行指南》**，飛速地瀏覽頁面，並對我指了指第**313**頁。

賴嘰嘰用手指指著頁面，對我嚷嚷：「就是這裏，你快讀讀看，書上所載的跟眼前的情況一模一樣：我們即將進入

藍貂之郡！」

恒冬之門

恒冬之門是一扇神奇的門，坐落在夢想國北方。至今只有很少數旅行者能夠成功越過這扇大門。嗚嗚嗚，當中能夠平安返回並給大家描述其中的歷險奇遇的就更少了！

門內的寒風刺骨，在那裏沒有四季之分。一年中的每一天，都是冰天雪地的冬天。

在如此極端寒冷的自然環境下，少有植物可以在此地存活：只有一些苔蘚、地衣、灌木，以及少數針葉植物……而唯一可以在這片極寒之地存活的動物是藍貂。這種動物的毛皮極為濃密、極為柔軟、雪白的毛皮上泛着藍色光澤，美麗珍稀，價值連城……

呼咪！

蜻蜓們變得越發疲累。

哆哆哆……好冷啊！

我越來越冷……

冷死我啦！

就連賴嘰嘰也凍得受不了啦！

　　癩蛤蟆向蜻蜓們鼓勵說：「向前衝啊，公主們，使勁飛啊！我知道你們很**疲累**，可是我們馬上就到啦！」

　　蜻蜓們使勁衝刺，拖着馬車「嗖」一聲衝進那扇冰雪之門。

　　我感到周圍的**氣溫**驟然降低了：空氣變得越發稀薄，北風怒號，風兒颳得越發猛烈，四周的**景色**一片白茫茫。

　　我們繼續前進，飛啊飛啊飛啊。蜻蜓們變得越來越**疲勞**，我的身體也越來越冷……

唯一讓我開心的，就是賴嘰嘰變得越發沉默
了：他可不敢張嘴再嘮叨……

因為他害怕自己的
大舌頭就要凍成冰棒啦！

我們深入這片極寒之地，試圖尋找當地的居民
為我們指路。

可從高處望去，一個**影子**都看不
見……只有無盡的嚴寒，每時
每刻都在增長。幸好我們坐在
蜻蜓黃金馬車裏，不然我
們根本無法在此地存活！

馬車內備有柔軟的毯子給我
們保暖，這馬車就像一個**安樂
窩**，保護我們生存下來。而蜻蜓公主
們也穿上了由**柔軟的羊毛**縫製而成的外套以抵
禦嚴寒。

感覺和暖多了！

一個……影子……
也沒有有有！

我們遠遠地望見一座山谷，山谷內有一個村莊，裏面建設了很多冰雪鑿成的小房子。

我們四下張望，可是並沒有發現任何生命跡象！

這看起來就像是
一座幽靈村莊！

賴嘰嘰喊道：「以芙勒迪娜皇后的名義發誓，這裏一個人影也沒有嗎？」

眼下四周一片死寂，回應他的只有回聲：

「沒有嗎……嗎……嗎……嗎……」

賴嘰嘰歎了口氣：「騎士，我有必要正式通知你：無論從哪個角度觀察，這個村莊⋯⋯

可以肯定這裏
完完全全⋯⋯
徹徹底底地⋯⋯
荒廢了！」

　　我哆嗦着回答：「賴嘰嘰，我也有必要正式通知你：無論從哪個角度觀察，我都的的確確⋯⋯

藍貂之郡

好冷！

咯咯咯！

咯咯咯！

快要凍成冰棒了！

1. 冰雪村
2. 小眼睛的冰屋
3. 千滴雪水噴泉
4. 幼貂學校
5. 圖書館
6. 運動場
7. 藍貂理髮廳（藍貂們在這裏修鬍子）
8. 極寒之湖
9. 孤獨藍貂岩
10. 藍貂裁縫屋

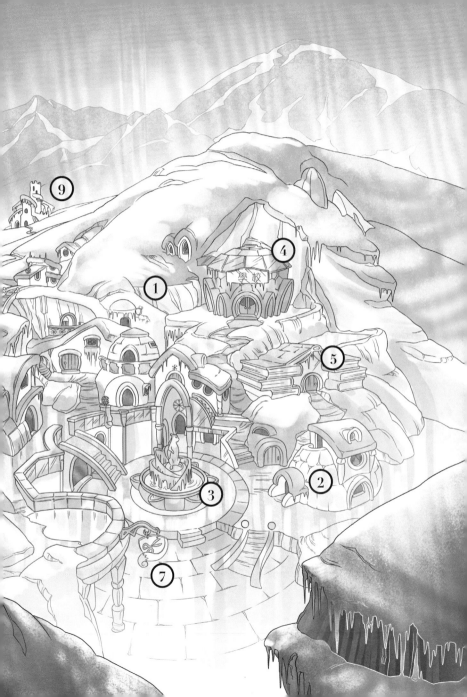

冰雪中的……
兩顆黑橄欖！

我們走下蜻蜓黃金馬車，一個接一個地觀察村落裏的房屋。

房屋的每一處角落都是冰雪雕琢而成的，包括地板、天花板和牆壁……

甚至連家具也是，比如牀、櫃子、桌子……

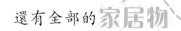

還有全部的家居物品，比如水瓶、鍋子、杯子、盤子和擺設……

這座全部由冰雪砌成的村莊真是古怪、十分古怪、太古怪啦！

我正在沉思時，眼角的餘光突然瞥見有什麼在**移動**。

　　我大喊一聲，問道：「誰在那兒？」

　　沒有**誰**回答我。

　　沒錯，全是白色，全白的環境中只有兩顆**黑橄欖**。

　　咦？冰雪環境中的黑橄欖？

　　可……那**真的**是橄欖嗎？

我定睛一看，發現那分明是兩隻小眼睛，宛如黑橄欖般閃爍着**光芒**：這是某種動物的眼睛！

我又高聲問道：「誰在那兒？」

我看到一個**白色輪廓**的動物立刻舉起前爪，遮住了臉。

我向這動物跑去，而他轉身逃得飛快，我總算看到他的另外三隻爪子，和一條長尾巴，**尾巴**尖上有一個墨水般的黑點！

我恍然大悟：這動物一定就是**藍貂**。他的毛皮非常潔白，在白茫茫的冰雪背景中映襯下，他看起來幾乎是隱形的！

我高呼：**「別走，等等啊，我不會傷害你！」**

一把細小的聲音回答我，說：「我才不信，我才不聽！」

　　我又叫道：「我是**正直無畏的騎士**。我以夢想國皇后芙勒迪娜的名義命令你停下來！」

　　藍貂總算停下了腳步，發出尖細的小聲音，說：「哦，你當真是正直無畏的騎士嗎？那刻有**芙勒迪娜紋章**的戒指在那裏？自從那件事以後，我再也不信任何事，也不信任何人，明白嗎？」

　　我趕忙掏出刻着皇后紋章的戒指給他看，以**安撫**他的情緒。

　　藍貂遠遠地觀察着，喃喃地評論說：

「唔，看上去像真的……」

　　於是，他朝我走來，抬起一隻手爪與我握手：「我名叫**小眼睛**。我是**藍貂部落**的偵察員。現在讓我告訴你我的身世，以及關於藍貂部落消失的經過……」

小眼睛，
藍貂部落的偵察員

藍貂部落消失的經過

　　那天原是平靜的一天，我們的村莊裏一片安逸，突然天空中布滿了灰色的煙雲，我們都聞到一股奇怪的味道……大家都好奇地跑到戶外察看，不久，空中出現了一艘大帆船。那艘船上撒下了一張大網，一瞬間網住了藍貂部落所有居民，我迅速從網內鑽了出去……我能成功脫困，是因為我是整個部落裏奔跑速度最快的，曾經贏得許多跑步比賽！我急忙飛快地跑起來，只聽見身後傳來一聲聲呼喊……當我返回村落時，發現整個村落已經空蕩蕩，我所有同伴都已被擄去了！

賴嘰嘰聽罷小眼睛的描述，捶胸頓足地嚷嚷：「呱呱呱，騎士，這下可**糟了，很糟，非常糟！**我們又失去了第三件珍寶⋯⋯我們還沒來得讓他們警覺起來就被奪去了！看你到時候怎麼和芙勒迪娜皇后交代：你連藍貂部落都保不住⋯⋯我可不想與你為伍⋯⋯」

賴嘰嘰掏出小黑板，在**第三件珍寶**旁邊打了個**X**。

我歎了口氣。

癩蛤蟆說得沒錯，咕吱吱。

就連這一次，
海盜也搶先在
我們前面奪寶了！

藍貂部落

藍貂國王智慧郎和皇后嬌俏姑

他們是藍貂部落裏最睿智和最美貌的組合。

小公主淘淘妹和小王子皮皮弟

他們一個是部落裏最淘氣的，一個是部落裏最頑皮的。

高音姐和低音叔

他們是部落裏的歌唱家。

好吃伯

他是部落裏的廚師。

飛腿哥

他是部落裏的信使。

考古爺

他是部落裏最有學問的。

考究士
他是國王的顧問。

賣貨郎
他是部落裏的店主。

麗尾仙
她是部落裏的裁縫。

亮毛兒
他是部落裏的理髮師。

號脈師
他是部落裏的醫生。

詠歎翁
他是部落裏的詩人。

雜耍兄弟
他們是部落裏的喜劇演員。

機靈兄妹
他們是部落裏性格最俏皮活躍的。

上下一心！

小眼睛指指自己閃亮的**毛皮**，傷感地説：「這個，你們看到了嗎？我們藍貂的毛皮全身雪白美麗，泛着藍色光澤……因此我們被稱為**藍貂部落**。可如今，曾經顯赫一時的部落已經盪然無存，**只剩下我**小眼睛孤零零一個！然而，不久前村莊裏還生機勃勃，每座房子都充滿藍貂的歡聲笑語，大家**一起**聚在村口的廣場上聊天！」

他傷心地下結論：「現在我的伙伴們都不在了，**只剩下我**——可憐的小眼睛形單隻影。我多想拯救我的伙伴們，可是我卻什麼也做不了。」

賴嘰嘰絕望地大喊：「我們此次的任務，就是要保護這三件珍寶。可是，現在我們三件全部丟失

村莊裏曾經
生機勃勃！

了！要我説，

真是奇恥大辱！

當我看到皇后時，我該如何和她交代？呱呱呱！想想吧，騎士，這次你可真要**顏面掃地**。想想到時批評你的不僅是皇后，有皇家顧問，**夢想國**的全體人民，還有……」

我尖叫起來：「別再説了！你讓我神經緊張，沒辦法思考了！」

蜻蜓們**溫柔**地用翅膀輕撫我的肩膀。

她們喃喃地説：「騎士，現在只有一條路可走，就是直搗海盜的巢穴，將這些珍寶取回來……而海盜的巢穴，正是**巨人魔**所在之地！」

小眼睛興奮地説：「我和你們一起去！只要能**拯救**我的同伴，我不惜付出生命的代價！等等我，朋友們……」

他向自己家跑去，打開冰雪雕成的衣櫃，從裏面拿出一頂以羊毛織成連護耳的藍色**帽子**並套在頭上，把耳朵蓋起來保暖。

我和你們一起去！

他在身上圍了一件藍色羊絨縫製的披風，那披風泛着水晶般的光芒。然後，他又背上一個潔白的小袋子。

他大聲宣布：「現在我準備好了，一起走吧。

大家為我，我為大家！」

我們齊聲高呼：「大家為我，我為大家！以仙女國皇后、和平與快樂女神芙勒迪娜的名義發誓，也是以夢想國所有善與美的事物的名義，我們無所畏懼，哪怕是面對**黑矮人**、**巨蝙蝠**和**狼人**，我們也不會退縮！」

263

就這樣，我們有了新的成員加入，組成了一個奇特的隊伍，一起踏上了新的歷險**旅程**。

我們的隊員包括：

一隻膽小的老鼠、一隻聒噪的癩蛤蟆、一隻思念同伴的藍貂，還有七位蜻蜓公主……

儘管我們來自不同的種族，

 我們的心卻緊緊連在一起！

因為我們上下一心，堅信着一個共同的目標：

和守護夢想國的和平！

巨人魔之國

沉重的腳步聲

　　七位蜻蜓公主撲閃着翅膀，載着我們前往**巨人魔所在之地——巨人魔之國**，當我們抵達時已是晚上了。

　　我從高處鳥瞰大地，不禁發出驚歎：「這個國家的所有東西都非常大啊！」

　　賴嘰嘰嘎嘎大笑着說：「當然了，騎士！這裏可是**巨人魔**居住的地方！」

　　我遠遠望見地面上聳立着一堵高高的牆，嘟囔道：「可⋯⋯我可從未見過這麼高的圍牆啊！」

　　忙着偵查方位的賴嘰嘰嘟囔說：「當然高了，騎士！這可是**巨人魔**所建的城牆！」

　　我們逐漸接近地面，我看見一所宏偉的城堡。

　　我嚷嚷說：「這⋯⋯這座城堡太巨大宏偉了！」

　　賴嘰嘰氣呼呼地轉頭對我說：「當然宏偉了，

騎士，這可是**巨人魔**居住的城堡！

這裏的一切，都很龐大啊！」

我們經過一個種滿巨型蔬菜的菜園：原來這就是**巨人魔**的大菜園！

我們又經過一個種滿各種巨型水果的果園：原來這就是**巨人魔**的大果園！

就連巨人魔的大花園裏的樹，也是一棵棵高聳入雲的大樹……

我們在巨人魔居住的巨魔堡附近降落。就在此時，大地開始抖動起來：我們聽到一陣沉重的腳步聲！

賴嘰嘰恐慌地尖叫說：「騎士，那正是**巨人魔**的腳步聲！」

他趕忙警告大家：「快啊快啊快啊，快藏在那堆灌木叢裏，否則我們會被**巨人魔**的腳掌踩扁！」

巨人魔魔法師
居住之地

1. 巨人城牆
2. 大柵欄門
3. 恐怖街
4. 害怕彎
5. 巨樹叢
6. 巨魔堡
7. 巨型橋
8. 大噴泉
9. 大菜園
10. 大溫室

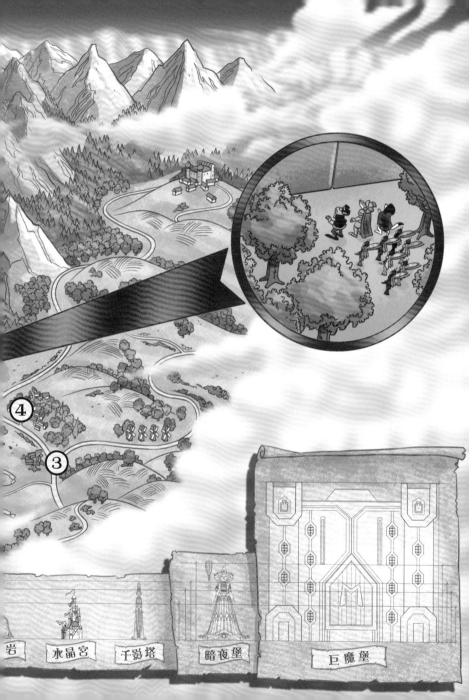

④

③

岩　　水晶宮　　千影塔　　暗夜堡　　巨魔堡

我們在黑暗中凝視，只見遠處出現一個非常巨大的火把，單是那火把已如同一棵櫟樹那麼高。

　　火把的火光映照出一張可怕的大臉……

那臉龐如同一座城堡一樣高！

　　巨人的整個身體如像一座摩天大樓那麼高，兩隻眼睛碩大無比，就像窗戶般**龐大**，那血盆大口就像一扇巨大的大門；裏面的**牙齒**就如盾牌一般**巨型**；而**肥大的鼻子就如一座小山**……

以一千塊莫澤雷勒乳酪的名義發誓，那巨人的體形

真的是非常非常龐大啊！

好可怕！　　真高大！

我就是巨人魔！

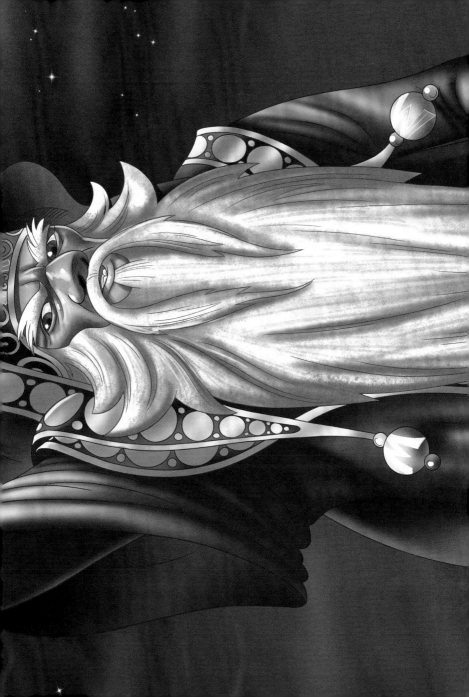

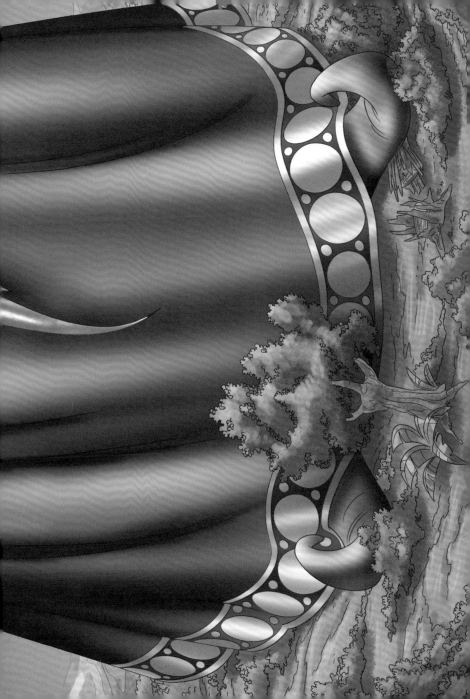

在巨魔堡裏，
面臨前所未有的恐懼！

很快，巨人魔慢慢走近，他嗅了嗅空氣，嘴裏發出雷鳴般的聲音：「呼呼呼，我聞到老鼠的味道，還有癩蛤蟆和蜻蜓的味道……」

我們**恐慌**地顫抖起來，試圖躲進灌木叢，可是我們來不及了！他突然舉起**火把**照在我們身上，我們就這樣被發現了！

我本以為他會把我踩扁成鼠肉泥，可他伸出那些有如樹幹般的**巨大的手指**，一把將我抓在手心，然後又一一抓起我的伙伴們。

哇啊啊啊我很害怕，很慌張，十分恐懼啊！

他邁着沉重的腳步，徑直向居住的堡壘——**巨魔堡**走去。

這所城堡簡直是個**噩夢**！

一切都極為龐大……又十分**可怕**！

魔法師大步流星地朝廚房走去，把我們倒在一個**巨大的碟子**上。

「我今晚就生吃了你們，作為晚餐的開胃菜！」巨人魔喃喃地說。

他掏出一個**巨大的調味瓶**，頃刻間一顆顆胡椒粉粒灑在我們身上。我們開始不住地打噴嚏：

乞嚏！乞嚏！乞嚏！

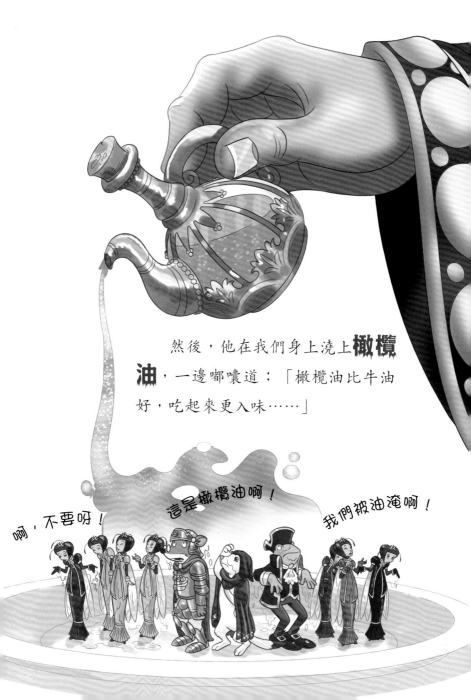

然後，他在我們身上澆上**橄欖油**，一邊嘟囔道：「橄欖油比牛油好，吃起來更入味……」

啊，不要呀！

這是橄欖油啊！

我們被油淹啊！

接着，他把我們倒進一個**巨大的沙律盆**裏：「好啦，等到晚餐時分，你們會醃得很入味了！現在我要給自己倒一杯 洋 甘 菊 花 茶，再去看看我的那些珍寶。」巨人魔滿意地說道，隨後轉身離開了。

蜻蜓公主們試圖飛行逃走，可是她們的翅膀上**沾滿了油**，變得黏稠，無論如何努力撲翼也無濟於事。我們決定沿着巨人魔留下在沙律盆裏的**大勺子**，慢慢爬出去。

我們費了九牛二虎之力，總算爬出了沙律盆……為了洗掉身上的油膩，我們跳進了盛滿洋甘菊花茶的茶杯裏浸泡**沖洗**一下。然後，我們悄無聲息地沿着門縫在地上匍匐前進……

我們快到了…… 唉喲！ 加油！ 嗚！

巨大的鼻鼾聲，
呼嚕，呼嚕，呼嚕！

在大門後面，我們發現了一個巨大的房間。那房間天花板很高，隱在幽暗裏……

原來這裏就是
巨人魔的卧室！

在房間的一角，擺放了一張帶有華麗幃帳的大牀，巨人魔魔法師龐大的身軀深陷在牀墊上。

只見他正在打呼嚕，他的呼嚕聲可如雷鳴般響亮啊！巨大的鼻鼾聲——

這時，我們發現在窗戶旁的一個角落裏，似乎有什麼東西在閃閃生光？

是什麼東西散發出月亮般的光輝？

真是不可思議議議議！

只見窗戶旁放着一個**巨大的黃金寶座**⋯⋯顯然是由土地公國的黃金打造而成！

隨後，我又看到一頂**大大的黃金王冠**。那王冠放在天鵝絨軟枕上。在王冠頂的中央，鑲嵌了一顆奪目的寶石，啊！這不正是火焰之蛋嗎?!

我的目光越過寶座，發現了一堆極為細密的金屬絲網。大網罩着一堆**藍貂**，一個個正在呼呼大睡！

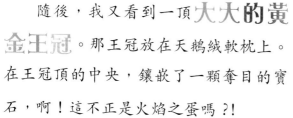

哦哦哦，在寶座的地上⋯⋯我看到一個刻着**銀色仙女紋章的匣子**。我用手爪捧起匣子，打開一看⋯⋯

285

巨大的鼻鼾聲， 呼嚕，呼嚕，呼嚕！

銀匣子裏面裝着香氣四溢的金色粉末：這一定就是 飛天香草——能使任何物體飛上天空的神奇粉末！

蜻蜓們開始交頭接耳起來：「嗡嗡嗡，嗡嗡嗡，嗡嗡嗡，騎士，現在我們該怎麼辦？

嗡嗡嗡，嗡嗡嗡，嗡嗡嗡！」

賴嘰嘰打了個響指，説：「我們需要一個計劃，馬上，騎士，快想想啊！**啪噠，啪噠，啪噠！**」

騎士！ 嗡嗡嗡！ 我們需要一個計劃！ 嗡嗡嗡！

我試圖**思考**，可他不斷在我耳邊打着響指，我低聲抗議：「求求你了，別吵了，我沒法集中精神思考啊！」

　　我努力思索該如何行動。

　　　　咕吱吱，咕吱吱……

　需要搶回的珍寶的數量可不**少**了……

　所有東西加起來的話，實在太**沉重**了……

　　　如果我們發出聲響，

　　　就有機會**吵醒**巨人魔……

　　嗯，寶座……王冠……藍貂……

飛天香草粉……飛天香草粉……
飛天香草粉……飛天香草粉……

　　我突然靈機一動……我想到一個好主意了！我們可以在每件物品上撒上一點香草粉，減輕它們的重量，把它們空運送回仙女國！

　　伙伴們聽了我的行動**計劃**，連聲叫好……

1. 首先，我和賴嘰嘰互相在對方的頭上撒上香草粉……

2. 然後，我們能飛起來啦！

我們來給這邊灑一灑，
那邊灑⋯⋯

3. 接着，我們把香草粉灑在需
要搬運的物品上⋯⋯

成功啦！

4. 最後，所有東西都變得十分輕盈，
輕輕飄浮在空中！

驚天大消息！

　　我們用巨人魔睡衣上的**腰帶**，把每件物品一一連在一起，然後打開面向大菜園的**大窗戶……**

　　我們跳出窗戶，展開雙臂有如揮動翅膀般飄在空中，**越飛越高……**我們身後連着長長的一串巨人魔偷走的各種**珍寶！**

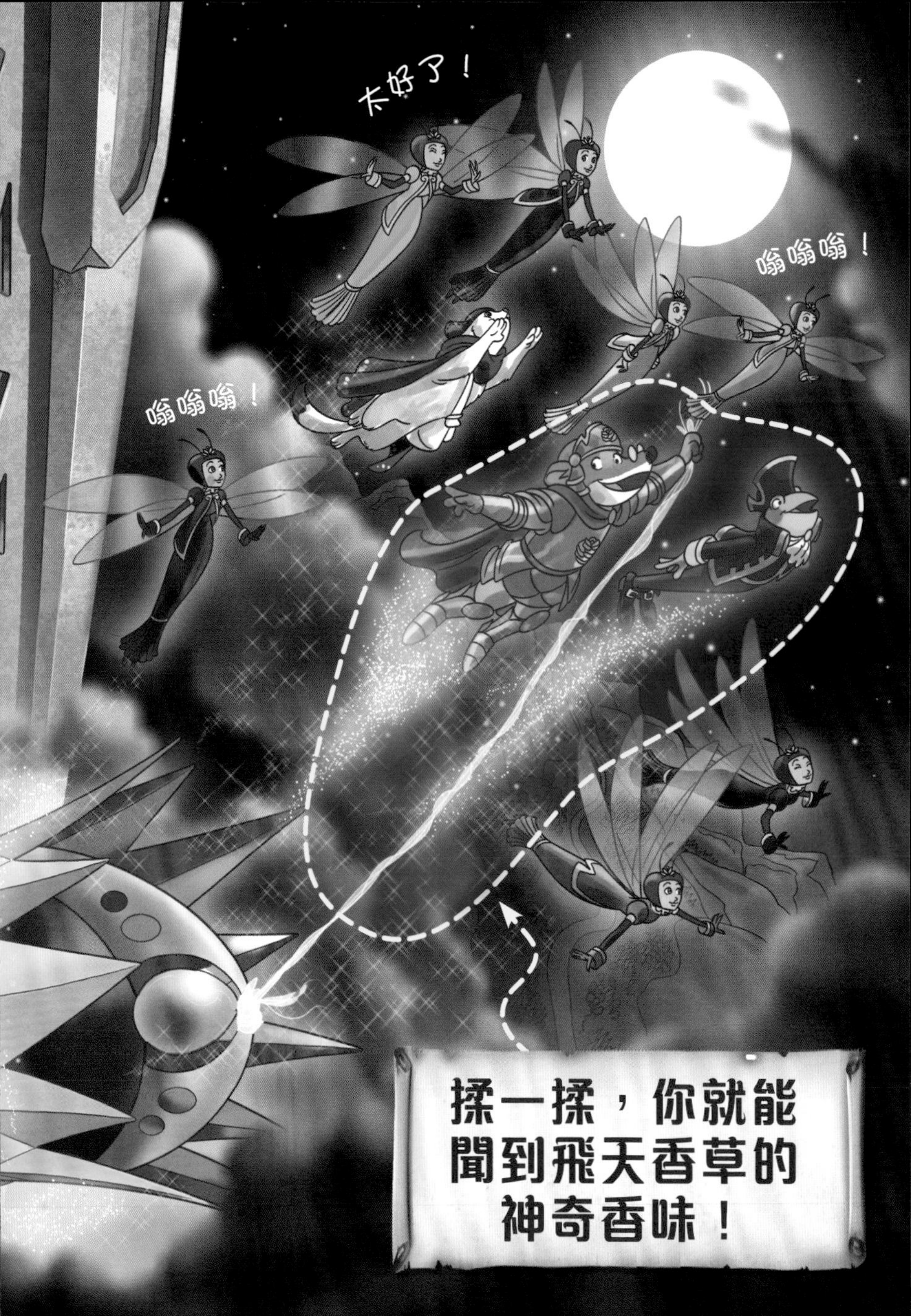
太好了！
嗡嗡嗡！
嗡嗡嗡！
揉一揉，你就能
聞到飛天香草的
神奇香味！

恰恰在此時，寶座的一角撞到窗邊了。

砰嘭！

巨人魔驚醒了，發出巨大怒吼：「**等我抓住你們，我要把你們剁成肉丸！**」

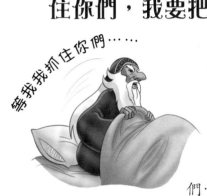

等我抓住你們……

他馬上大步奔出巨魔堡，瘋狂地追逐我們。我趕忙加快速度，試圖擺脫他。

巨人魔 **連跑帶跳** 地奮力追趕，眼看就要追上我們……

就在此時，他不小心摔了一跤，頃刻間他巨大的身軀如山崩般**倒**下去了。眼前出現了一個不可思議的景象，讓大家驚訝得目瞪口呆！他的身體跌在地上……竟蹦跳出一件件**零件**來！

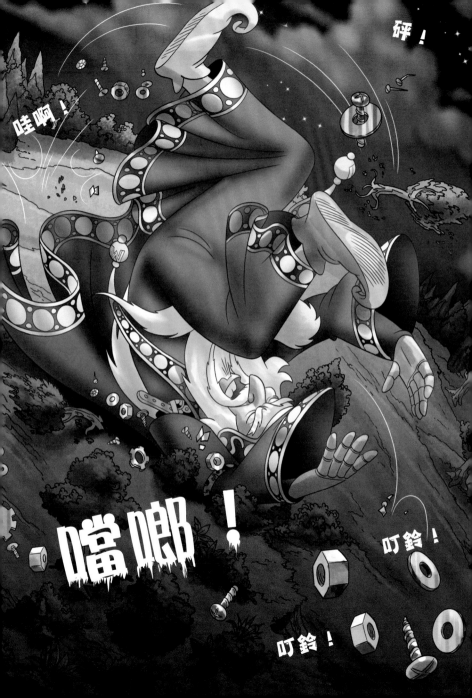

　　巨人魔的身體就像快散架了：先是有一隻腳掉下了，然後有一條手臂，整個左肩……還有整個右肩……一時間地上……布滿了輪子和齒輪，螺絲釘和螺絲帽，還有各種機械零件！

　　原來，巨人魔只不過是一個由各種機械零件拼湊而成的巨大機械人……

　　可他的真身是什麼呢？

　　哇啊，這可真是個驚天大消息！

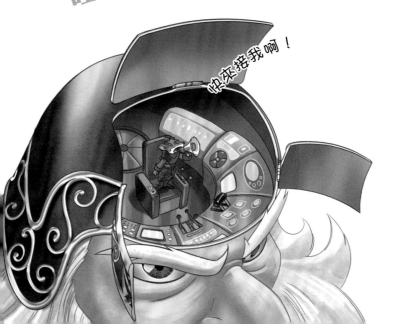

突然，巨人魔的腦袋上吱嘎地打開了，裏面有隻個子細小的小老鼠探出頭。他拿着擴音器，扯着嗓子尖聲嚷嚷：**「*別倒下啊，這下可慘了！***哼！我不會放過你們的！我一定會回來報仇！你這隻可惡的老鼠，我一定會給你點顏色看看！要不是因為你來破壞，我現在還是萬眾敬仰的**巨人魔**……總之，都是你的錯，害得我一無所有啦！大家都知道我不再是個身材高大挺拔的魔法師，而只是個身材矮小的老鼠！我一定要向你復仇，嗯哼，

以我斯飛諾的名義發誓，海盜斯飛諾！」

然後，他望向天空，繼續扯着嗓子尖叫起來：「黑帆船海盜們，我的同伴們，你們快來接我啊！」

他的聲音久久在天空迴盪……

「……來接我啊！」

此時，我聞到一陣刺鼻的臭味。我們望向天空，頭頂上出現**黑帆船**的陰影……

　　大黑鼠那幫海盜們放下繩子，接走了海盜斯飛諾。而我和伙伴們手牽着手，如風一般在天空高速**飛翔**，徑直飛向仙女國。

　　當我們抵達水晶宮上空時，我看到地面上的民眾爆發出一陣歡呼……

　　我們最後居然完成了**不可能的任務**，這真是一個意想不到的驚喜！

國王萬歲！

我們在水晶宮上方盤旋，看到芙勒迪娜正和好朋友梅麗薩在**白玫瑰迷宮**中散步，一邊聊着天。

我們徑直飛到她們面前徐徐降落。我把那些失而復得的幾件珍寶放在芙勒迪娜的腳下。

我們解開網的繩索，**藍貂**們興奮地從魚網一一蹦跳出來：「太好了，我們自由啦！」

我單膝跪地，說道：「皇后陛下，這些都是被盜去的珍寶！現在我欣然向你稟報一個讓人振奮的好消息：巨人魔並不值得畏懼。事實上，他根本不是什麼巨人魔，只是個壞心眼的小老鼠！他自稱為海盜**斯飛諾**，你聽說過這個名字嗎？」

皇后驚歎道：「我當然聽說過！他的體形雖然矮小，但心卻很**邪惡……**」

海盜斯飛諾

他是大黑鼠‧殘尾盜的兄弟，而且是海盜界的發明家！他一手建造了栩栩如生的巨人魔機械人，他想通過巨大的身形震懾夢想國民眾，並趁機統治整個夢想國。

　　芙勒迪娜告訴我海盜斯飛諾的身世，隨後微笑着說：「現在我要**報答你**，因為你又一次完成了偉大的任務。我將要為你創建一個國家，我知道你一定會是個賢明的國王！」

　　賴嘰嘰搶着說道：「可是，陛下，騎士其實是個冒失鬼，他可接連犯下了不少**過失**……」

　　我的臉一下子刷地變得**通紅**，不禁喃喃自語：「嗯……事實上……我知道自己犯下不少錯誤……」

　　芙勒迪娜溫柔地說：「騎士，其實我們都總不免會犯錯。然而，你有一顆純真的心，勇敢捨己為人，道德高尚，我就此冊封你為**黃金君子國王**……因為你擁有一顆善良純潔的心靈，有如黃金一般珍貴！」

　　我大喜過望，趕忙道謝：

「陛下，那真是太棒啦！」

芙勒迪娜伸出**魔法棒**，
在我的頭頂點了點，唱起了甜蜜
的歌謠：

> 我一向說到做到。
> 因此魔法即將生效。
> 一個新王國將成立，
> 大家都會為之欣喜。
> 那裏的居民慷慨善良，
> 那兒和平沒有嫉妒！
> 你知誰是王國的君主？
> 他是個能幹的小老鼠。
> 他的勇氣無人匹敵，
> 他的果敢天下第一！
> 他就是可愛的君子國王，
> 我要將王冠戴在他頭上！

大家齊聲歡呼：

「擁有金子般古道熱腸的君子國王萬歲！」

一位侍從遞給我一個紅色天鵝絨軟墊，上面放着一枚刻有紋章的金戒指，還有一面印有黃金君子國王徽號的旗幟！

黃金君子國的格言是：待人如己，真誠待人，無私奉獻！

我感動極了，開心得流下眼淚。

梅麗薩向我點頭致敬：「陛下，我真心祝賀你：你的勇氣配得上如此至高無上的榮譽……多虧了你出手相助，救了我一命！」

她和芙勒迪娜望着我綻開微笑。

我激動地撫摸着鬍鬚。

咕吱吱，我能給兩位好朋友互相幫助，排難解憂，這是多麼開心的事啊！

我腦袋中突然冒出一個問題：「陛下，可當我在老鼠島**妙鼠城**生活時，該如何治理國家呢？難道我需要時刻返回這裏？」

賴嘰嘰咳嗽一聲，鄭重地說：「騎士，如果你需要，我可以**協助**你治理：當你事務繁忙無法抽身時，我可以擔任代理國王，管理你的王國！」

我感激地說：「這個主意太棒了，賴嘰嘰！」

賴嘰嘰興奮地蹬腿一躍，**蹦跳**到三丈高。他一邊打着響指，一邊興奮地手舞足蹈：

啪噠，啪噠，啪噠！

他拉着我一起加入了奇特的舞姿，一邊興奮地唱起歌謠：

啦啦啪噠啪噠啪噠，
打起開心的節拍！
我的心裏樂開懷，
生命到處充滿愛！
多虧有了你存在，
讓我心情很愉快！

我正和賴嘰嘰興奮地起舞，不小心腳下一滑就**掉進**噴泉裏去……

　　我一頭栽進噴泉，大叫道：

「我的王冠！
我國王的王冠呢！」

　　我開始不斷下沉下沉下沉下沉下沉……

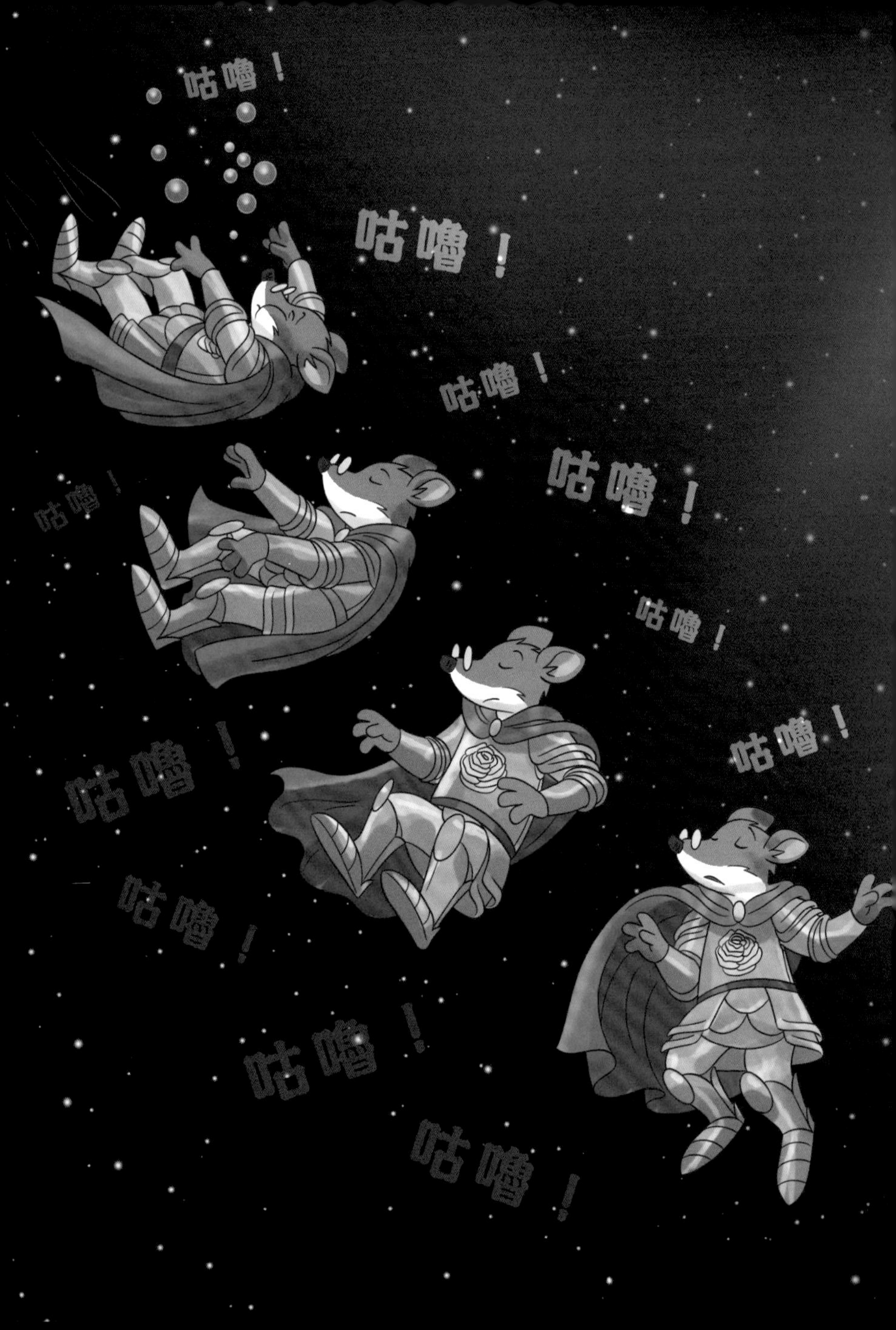
咕嚕！
咕嚕！
咕嚕！
咕嚕！
咕嚕！
咕嚕！
咕嚕！
咕嚕！
咕嚕！
咕嚕！
咕嚕！

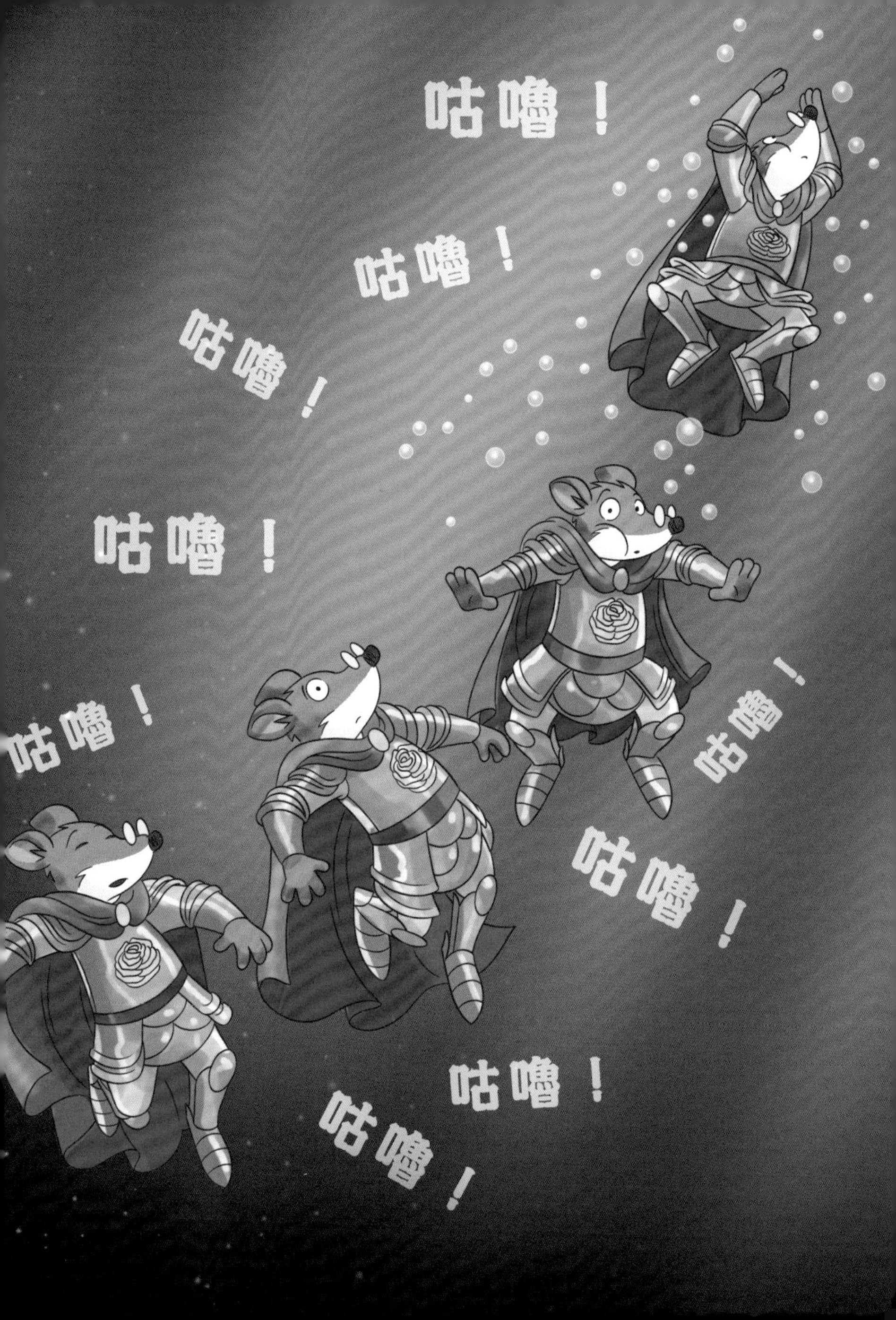
咕嚕！
咕嚕！
咕嚕！
咕嚕！
咕嚕！
咕嚕！
咕嚕！
咕嚕！
咕嚕！

沒錯，我要回去了。

我要回到家鄉。

回到……

妙鼠城！

妙鼠城！

妙鼠城！

妙鼠城！

妙鼠城！

重返妙鼠城

別再親我了，夠啦啦啦啦啦啦！

我挺起身子大叫：「**我的王冠呢！把王冠還給我！它對我很重要，我的王冠啊！**」

我身旁傳來一把女孩子的笑聲：「誰會拿你的王冠啊？來，我給你戴上！」

隨後，有誰把王冠戴在我頭上。

我用手摸了摸王冠，才反應過來：這可不是芙勒迪娜送給我的那頂精美的金王冠！

而是青蛙王子服配搭的道具假金王冠！

多愁笑盈盈地說：「哦，我的**青蛙王子！**不管你戴不戴王冠，**你都是我的王子啦！**」

314

隨後，她熱情地在我臉上印上一連串**吻**，吻得我透不過氣。

我高聲嚷嚷：「夠啦，夠啦！不要再親我了！」

我從噴泉池中直起身子，站了起來。一邊**搖搖晃晃**地四處張望，確認自己的而且確回到妙鼠城。

啊，我的青蛙王子！

哈哈哈！

我置身於妙鼠城中的**吱吱堡**內，周圍有很多參加**化裝舞會**的鼠民。所有的來賓都身穿奇裝異服，打扮得和夢想國的居民一樣：**女巫**、騎士、矮人和**精靈**……

我的的確確
已經離開夢想國！

我想起來了……

我揉揉**腦袋瓜**，回憶起進入夢想國前發生的片段。

多愁用手袋砸我的

頭……

……隨後我**掉進**

城堡的噴泉池……

騎士

接着**失去了**

知覺！

我夢見自己來到**夢**

想國，接着自己經歷了

一連串不可思議的歷險……

318

原來，
這一切
只是一個
夢！

是夢境，還是現實？

　　過了一會兒，我離開熱鬧的舞廳來到陽台上，大口大口地 呼吸 新鮮空氣。

　　一輪 圓月 高掛在天空上，就像一顆巨大的珍珠般潔白、神秘、閃閃發亮……

　　我凝視着月光照耀下的 老鼠島 首都——妙鼠城的天際線，視線一直延伸到遠處的大海……繼續延伸……直到海天交接的 地平線 ……

哦，我多麼熱愛我的家鄉！
美麗富饒的老鼠島！

然而，一想到那片神奇的土地——夢想國，我♥裏泛起陣陣思念……我剛剛**第十次**踏上那片土地，在芙勤迪娜皇后的指引下，成功完成了又一項不可能的任務。

我挺起胸膛，自豪地仰望着天空，驕傲地對自己說：在這次旅行中，即使情況萬分萬分萬分危急，即使自己萬分萬分萬分恐懼（**哆哆哆，很害怕啊！**），我仍然堅持到最後，成功守護了夢想國！

想到自己所獲得的榮譽，我心潮澎湃：我竟然成為了一個**國家的君王**！

我激動得鬍鬚直打顫！

誰知道未來我是否還會回到那片神奇的土地？

是夢境，還是現實？

誰知道黃金君子王國的民眾是否在等我……我的伙伴們又是否在思念着我？

想着想着，一顆淚珠悄然從我臉上滑落。

也許夢想國的伙伴們已開始遺忘我……

可我不會，我永遠不會忘記他們。

我把所有情感、所有回憶、所有懷念深藏在自己心中。在旅途中所發生的一切奇遇，我都永遠不會忘記。

各位親愛的朋友，
希望你會享受跟我
一起投入這些奇幻的夢境，
跟我一起感受種種
奇妙刺激的歷險旅程！

那麼，我們在下一次夢想旅程再見，
也就是下一本書出版之際再見！
夢想一個接一個，書籍一本接一本，
精彩在前方等着你⋯⋯

以史提頓的名義發誓，

謝利連摩・史提頓！

奇鼠歷險記 10

勇戰飛天海盜

Decimo Viaggio Nel Regno Della Fantasia

作　　　者：Geronimo Stilton　謝利連摩·史提頓
譯　　　者：林曉容
責任編輯：胡頌茵
中文版封面設計：李成宇
中文版內文設計：劉蔚　羅益珠
出　　　版：新雅文化事業有限公司
　　　　　　香港英皇道499號北角工業大廈18樓
　　　　　　電話：(852) 2138 7998
　　　　　　傳真：(852) 2597 4003
　　　　　　網址：http://www.sunya.com.hk
　　　　　　電郵：marketing@sunya.com.hk
發　　　行：香港聯合書刊物流有限公司
　　　　　　香港新界大埔汀麗路36號中華商務印刷大廈3字樓
　　　　　　電話：(852) 2150 2100　傳真：(852) 2407 3062
　　　　　　電郵：info@suplogistics.com.hk
印　　　刷：C & C Offset Printing Co., Ltd.
　　　　　　香港新界大埔汀麗路36號
版　　　次：二〇一八年六月初版
　　　　　　二〇一九年五月第二次印刷

Cover By: Silvia Bigolin and Christian Aliprandi
Art director: Iacopo Bruno
Graphic Designer: Mauro De Toffol / theWorldofDOT
Story Illustrations: Silvia Bigolin, Carla De Bernardi, Alessandro Muscillo, Federico Brusco, Archivio Piemme and Christian Aliprandi
Graphics: Marta Lorini
Artistic assistance: Lara Martinelli and Andrea Benelle
Art director: Roberta Bianchi

ISBN: 978-962-08-7070-5

奇鼠歷險記

① 漫遊夢想國

② 追尋幸福之旅

③ 尋找失蹤的皇后

④ 龍族的騎士

⑤ 仙女歌雅不見了

⑥ 深海水晶騎士

⑦ 追尋夢想國珍寶

⑧ 女巫的時間魔咒

⑨ 水晶宮的魔法寶物

⑩ 勇戰飛天海盜

⑪ 光明守護者傳說

勇士回歸（大長篇1）

失落的魔戒（大長篇2）